一億年ボタンを連打した俺は、
Ichiokunen Button wo Renda
shita Oreha,Saikyo ni natteita
気付いたら最強になっていた
～落第剣士の学院無双～
4

「うぉおおおおおおおおッ！」

間髪を容れず、
大上段からの切り下ろしを繰り出す。
「ぐ……っ」
彼女は二本の槍を交差し、
なんとかその一撃を受け止めた。
互いの得物が火花を散らす鍔迫り合い。
真っ正面からの力勝負。
イドラ＝ルクスマリア
五学院の一つ、白百合女学院の一年生。『神童』と称される天才剣士。剣王祭でアレンと激突する。
「はぁあああああああああ……ッ！」

ふふっ。
びっくりした？
リア＝ヴェステリア
ヴェステリア王国の王女でアレンと同
部屋の仲。学院の文化祭・千刃祭にて
コスプレ喫茶に挑戦。

どういうことはない。
普段着とそう変わらないさ
ローズ＝バレンシア
『桜華一刀流』の正統継承者。千刃祭で、リアとともにコスプレ喫茶に給仕として参加する。

「感謝するぜぇ、虫けらども……」

千刃学院全体をどす黒い闇が包み込んだ。
見渡す限り一面の闇。
フーがゆっくり振り返るとそこには、
上機嫌に大笑いをする、
無傷の『アレン＝ロードル』が立っていた。

アレン＝ロードル？

アレンの内に秘められたもう一つの人格。圧倒的な実力の持ち主だが、詳細は不明。

「……ドドリエル、援護しろ」
「……了解」
ドドリエル＝バートン
グラン剣術学院のアレンの宿敵。アレンとの決闘に敗れて以後、黒の組織に所属する。
フー＝ルドラス
黒の組織の『神託の十三騎士』が一人。黒の組織を率いて、千刃学院への攻撃を仕掛ける。

CONTENTS

一億年ボタンを連打した俺は、気付いたら最強になっていた4
～落第剣士の学院無双～

月島秀一

ファンタジア文庫

2976

口絵・本文イラスト　もきゅ

一億年ボタンを連打した俺は、気付いたら最強になっていた

Ichiokunen Button wo Renda shita Oreha,Saikyo ni natteita

～落第剣士の学院無双～

4

一：闇と剣王祭

黒の組織との戦いから、一夜明けたその日。

俺とリアは重たい体を引きずって、一年Ａ組の教室へ向かっていた。

「ふわぁ……眠たいね、アレン……」

彼女は口に手を当て、可愛らしい欠伸を漏らす。

「あぁ、そうだな……」

丸一日監禁状態にされたリア。ザク＝ボンバールとの死闘で全てを出し尽くした俺。

ほんの数時間眠ったぐらいじゃ、いつも通りのコンディションには戻らない。

それから一年Ａ組に到着した俺たちが教室の扉を開けると、

「――あっ、リアさんだ！」

「よ、よかったぁ……っ。無事だったのね！」

「本当に災難だったな……。まぁ、何はともあれ無事で何よりだ！」

クラスのみんなは、一斉にリアの元へ駆け寄ってきた。

「みんな、心配かけてごめんね。アレンがすぐに助けてくれたから、大丈夫だったよ」

そうしてリアが自分の無事を伝えると――後ろの扉がガラガラッと開き、いつにも増して眠たそうなローズが入ってきた。

「おはよう、ローズ」

「ローズ、おはよ。……あなた、いつにも増して凄い寝ぐせね」

「…………おはよぅ」

立派なアホ毛をピンと立てた彼女は、フラフラと覚束ない足取りで移動し、自分の席にポスリと座った。どうやら俺たち同様、かなりの疲労が蓄積しているようだ。

それから他愛もない雑談に花を咲かせていると、キーンコーンカーンコーンと授業開始前のチャイムが鳴った。

「――おはよう、諸君！　いい朝だな！」

いつものように元気はつらつとしたレイア先生が、教室の扉を勢いよく開けた。

（……基礎体力の違いかな）

俺たちと違って、彼女は随分と元気そうだ。

「さて朝のホームルームだが、連絡事項は……うむ、特にないな。よし、それでは今日も元気出していくぞ！　一限目は魂装の授業だ。すぐに魂装場へ集合してくれ！」

先生はそう言って、パンと手を打ち鳴らしたのだった。

■

魂装場へ移動した俺たちは、各自一本ずつ霊晶剣を手に取り――自らの霊核と対話を始める。

（ふー……。なんだか、久しぶりな感じがするな）

最後に『魂の世界』へ行ってから、まだそう時間は経っていない。だけど、ここ最近はいろいろなイベントが起こり過ぎて、かなり間が空いたように思えた。

（さて、そろそろやるか……）

両手でしっかりと霊晶剣を握り締め、魂の奥底へ意識を集中させていく。

自分の意識を内へ内へと沈め、ゆっくりと目を開けるとそこは――枯れた荒野が一面に広がっていた。

枯れた木。枯れた土。枯れた空気。何もかも枯れたここが、アイツの世界だ。

眼前にそびえる表面がバキバキに割れた巨大な岩石。その一番上に、奴は胡坐を掻いて座っていた。

「はぁ……。てめぇも懲りねぇなぁ……。何度やっても勝てねぇってのが、まぁだわかんねぇのか？　……あぁ？」

アイツは心底呆れたようにため息をつく。

「何度でも挑み続けるよ。『絶対勝てない』って、決まったわけじゃないしな」

「はっ、馬鹿か？　お前みたいなちんちくりんが、この俺に勝てるわけねぇだろうが？　えぇ？」

奴は不機嫌さをまるで隠そうともせず、身の毛もよだつような殺気を放つ。

「そんなの、やってみなきゃわからないだろ？」

気圧されないように気を強く持ってそう言い返せば、殺気はサッと消え去った。

「……まぁいい。今日は軽く運動してぇ気分だったから、ちょっくら付き合ってやるか……」

奴がゆっくりと立ち上がった瞬間、その全身から漆黒の闇が溢れ出した。

「なっ⁉」

「なぁにを驚いてんだか……。こいつは元々、俺の力だ。お前がちっとばかし育ったんで、こっちも少し力を取り戻しただけよ」

奴はそう言って凶悪な笑みを浮かべたけれど……。

俺が驚いたのは、何も奴が『闇』を使ったからじゃない。

（み、密度が違い過ぎる……⁉）

互いの闇は、比べるのが馬鹿馬鹿しくなるほどに違った。

奴の闇は密度・量・迫力、その全てが圧倒的……いや、もはや別次元だった。

昨晩こいつから奪った力は、ほんのわずかなものだったらしい。

「くそ……っ」

俺は精神を集中し、昨晩の『黒剣』を求めた。しかし、

「あ、れ……？」

例の黒剣は姿を現さず、ほんのわずかな『黒いモヤ』が手のひらに浮かび上がるだけだ。

「はっ、まだまだヒヨッコのクソガキが……。一丁前に、俺の黒剣を具象化するからだ。『霊力』がすっからかんじゃねぇか……ぞぇ？」

「れ、霊力……？　なんだそれ？」

初めて聞く言葉に首を傾げると、

「そんなもん、黒拳にでも聞きやがれ……！」

奴は凄まじい速度でこちらへ飛び掛かってきた。

「くそ……っ」

黒剣を諦めた俺は、仕方なくいつもの剣を抜き放つ。

しかし、その行動と判断はあまりにも遅かった。

「……おいおい、どこ見てんだ？」

背後から冷たい声が響く。

（は、速い……!?）

闇を身に纏った奴は、これまでと比較にならないほど速く、

「そぉら――しっかりと踏ん張りやがれぇ！」

「ぐ、ぉ……っ!?」

これまでとは、比較にならないほどの筋力を誇った。

（な、なんて身体能力だ……っ）

凄まじい蹴りをなんとか剣で防御した俺は――まるでボールのように吹き飛ばされ、巨大な岩石で背中を強打した。

「が、は……っ」

あまりの衝撃に意識がグラリと揺れ、右手から剣がこぼれ落ちる。

（防御が、防御の意味を為さない……っ）

『極まった暴力』の前には、これまで身に付けた防御術が何の役にも立たなかった。

「そら、しまいだ」

頭上から降り注ぐ感情のない声。それと同時に強烈な下段突きが振り下ろされた。

「く、そ……っ。負けて、たまるか……！」

迫り来る拳に対し、両手を突き出したその瞬間――円形の闇が展開され、奴の下段突き

を完璧に防ぎ切った。

その信じられない光景に、思わず目を見開いた。

（こ、これは……！）

これまで奴の攻撃を防ぐ術はなかった。たとえ剣で受けようが、腕で防御しようが、その圧倒的な威力を殺し切ることはできず、大きなダメージを食らっていた。

しかし、今回は全ての威力を完全に殺し切った。初めて完璧な防御に成功したのだ。

（なるほど、『闇』にはこういう使い方があるのか……！）

初めて『闇の操作』に成功した俺が、グッと拳を握り締めたその瞬間、

「ちっ、調子に乗ってんじゃねぇぞ……クソガキがぁ……！」

闇を纏った強烈な蹴りが、俺の横っ腹に突き刺さった。

「が、は……!?」

俺は地面に何度もバウンドしながら、遥か後方へ転がっていく。

「ゲホゲホ……はぁ、はぁ……ッ」

体中の血液が四方八方へ跳ね回り、強烈な痛みが全身を駆け巡る中、

「は、はは……っ！」

俺はとてつもない充足感に満たされていた。

（もっと、もっとだ……っ。俺はもっともっと強くなれるぞ……！）

この『闇』を使いこなせれば、俺はさらに強くなれる……！

（そうすれば、こいつからもっとたくさんの力を引き出せるようになって――いずれはみんなと同じように魂装を発現できるかもしれない……！）

こうして『闇の操作』と『霊力』――二つの大きな成果を得た俺は、現実世界へと引き戻されたのだった。

■

現実世界へ引き戻された俺は、早速レイア先生の元へ向かった。

「先生、質問したいことがあるんですが……いいでしょうか？」

「あぁ、構わないぞ。遠慮せずになんでも聞いてくれ」

「ありがとうございます。では早速……『霊力』とは、なんなんでしょうか？」

俺が質問を投げ掛けると、

「ほぅ……。その言葉、どこで聞いた？」

先生は少し驚いた様子で、逆に質問を返してきた。

「ついさっき――魂の世界で戦っていたとき、俺の霊核が口走ったんですよ」

「なるほど、そういうことか……。ふむ、どうしたものかな……」

彼女は悩ましげな表情で頬を掻く。

「霊力については、君たちが『壁』にぶつかってから話そうと思っていたんだが……。むう、そうだな。ローズを筆頭に何人かの生徒は、既に伸び悩んでいるということもあるし……。そろそろ説明をした方がいいのかもしれんな」

そうして自分の中で結論を出した先生は、ポンと手を打った。

「こういうのは公平さも大切だしな……よし！　霊力については、二限の授業で全員に説明しよう！　アレンには悪いが、もう少しだけ待ってくれないか？」

「はい、わかりました」

やはり俺の予想通り、『霊力』は強くなるための大事な要素らしい。

それからついでにもう一つ、ずっと気になっていたことを聞いてみることにした。

「先生、すみません……。もう一つだけ、いいでしょうか？」

「あぁ、もちろんだとも」

「なんというかその……。リアのお父さん――ヴェステリア王国の国王陛下は、やっぱり……怒ってますよね？」

昨日の一件については、別段の情報規制を敷かれていない。つまり、リアが黒の組織に誘拐されたという情報は、グリス陛下の耳にも入っているはずだ。

（……リアのことを溺愛する彼のことだ）

きっと今頃、怒髪天を衝く勢いで怒り狂っているに違いない。

「あー……、それなんだが……」

先生は少し困った表情を浮かべながら、小さな声で耳打ちをしてきた。

「ここだけの話、何も言ってこないんだよ……」

「……え？」

「あれだけの騒ぎだ。当然リアの誘拐事件については、把握しているはずなんだが……。気味の悪いことに、文句の一つも言ってこない。全くどうしたんだ、アイツは……？」

「それは変ですね……」

俺の持つ陛下のイメージに全くそぐわない。

あの人ならば、誘拐の報を受けたその瞬間にリーンガード皇国へ抗議の電話を鳴らし、黒の組織と全面戦争を始めそうなものだけど……。

（本当にいったい、どうしたんだろうか……？）

俺がそんなことを考えていると、

「まぁとにかく、現状リアの周りはとても落ち着いている。今後どうなるかはわからんが……。それについては、ここでどうこう考えても仕方のないことだ」

先生はそう言って肩を竦めた。

「そう、ですね……」

答えの出ないことに頭を悩ませていても仕方がない。『何か』があったときに備え、今できることを一つ一つ確実にこなす。きっとこれが最良の答えだ。

「先生、ありがとうございました。それじゃ俺は、もう一度行ってきます、、、！」

「あぁ、応援しているぞ！」

それから俺は再び魂の世界へ入り、一限が終わるそのときまで、何度も何度もアイツに挑んだのだった。

■

その後、あっという間に一限の授業が終わった。短い休憩時間を挟み、二限の開始を告げるチャイムが鳴ったその瞬間――レイア先生お気に入りのホイッスルが鳴り響く。

「――諸君！　少し話があるので、こっちへ集合してくれ！」

突然の招集に戸惑いながら、みんなはぞろぞろと先生の周りに集合した。

「突然だが、君たちにはこれから『霊力測定』をしてもらう！　その前に――そもそも霊力とはいったいなんなのか、まずはそこを説明しようか！」

そうして先生は、よく通る大きな声で語り始めた。

「霊力とはすなわち、『精神エネルギー』だ。我々剣士はこれを消費し、魂装という強力な力を発現する。そうだな……魂装の修業をした後は、精神的にドッと疲れるだろう？　あれは、精神エネルギーである霊力を大きく消耗したからなんだよ」

　さらに彼女は話を続けていく。

「霊力は持って生まれるものではなく、魂装の修業を積むことによって、後天的に身に付けていくものだ。極論を言ってしまえば、霊力の量に限界はない。修業を積めば積むほど、少しずつ増えていく。……とは言っても、人間がまさか数億年も生きられるわけもない。理論上限界はないが、人間という生物的な限界によって、霊力にも『実質的な限界量』はある。——霊力についての説明は、ざっとこんなところだな」

　そうして話を終えた先生は、

「では早速、霊力の量を測定しに行こう。——さぁ、こっちだ！」

だだっ広い魂装場の奥へ、スタスタと歩き始めた。

そのまま三分ほど歩くと、高さ二メートルほどの両開きの扉が見えてきた。

（魂装場にこんな扉があったのか……）

　壁と扉がほとんど同化していることもあり、今まで全く気付かなかった。

「——よっこらせ……っと！」

先生が扉を開いて中へ進み、俺たちもその後に続く。

するとそこには――おとぎ話に出てくる魔法陣のようなものがあった。

「ここは『霊力の間』と言ってな。その名の通り、剣士の霊力を測定するために作られた部屋なんだ。まぁ『百聞は一見に如かず』。まずはお手本を見せよう」

先生は首をゴキゴキと鳴らし、魔法陣の中心へ移動する。

「ふぅー……っ」

彼女が大きく息を吐き出したその瞬間――魔法陣から眩い真紅の光が放たれた。

「「お、おぉ……っ!?」」

その神秘的な光景に、幾人かの生徒が息を呑む。

「――ゴホン。魔法陣が放つ色は、測定者の霊力の量によって決まる。霊力の少ない順に『紫・藍・青・緑・黄・橙・赤』という順番だ。目安としては、そうだな……。一年生のこの時期ということを考えると『藍色』以上ならば、十分に優秀と言っていいだろう」

そうして実演を終えた先生は、魔法陣の上から離れた。

「測定方法はいたって簡単。魔法陣の中心へ移動し、意識を魂の奥底に向ける。そうすれば自動的に霊力の測定が始まる、というわけだ――さぁ心の準備ができた者から、どんどん測定を始めてくれ！」

パンパンと手を打ち鳴らし、生徒たちへバトンを渡した。すると、

「――よっしゃ、一番は俺がいただくぜ！」

斬鉄流の剣士テッサ＝バーモンドが、勢いよく一番手に名乗りを上げた。

「うむ。では早速、やってみせてくれ。ポイントは霊核と対話するときのように、意識を魂の奥底へ沈み込ませることだ！」

「うっす！」

元気よくそう返事をした彼は、魔法陣の中心に立ち――静かに目をつぶった。

すると次の瞬間、その足元から藍色の光が漏れ出した。

「ほう、いきなり藍色か……！　凄いじゃないか、テッサ！」

先生は大きく目を見開き、感嘆の息を漏らす。

「へへっ、ありがとうございます！」

その後、俺たちは一人また一人と霊力を測定していった。

ほぼ全ての生徒は紫色、ついで藍色が稀に見られるといった具合だ。

ちなみにローズは青色。リアに至っては、なんと――『緑色』だ。これには先生も驚き、

「さすがは、次代のヴェステリアを担う器だな」と惜しみない称賛を送った。

霊力でリアに敗れてしまったローズは、かなり悔しかったらしく……。小刻みに震えな

がら「や、やるじゃないか……っ」と呟いていた。

それから少しして、ついに俺の番がやってきた。

「それでは最後にアレン、やってみせてくれ」

「はい」

魔法陣の中心へ移動した俺は、大きく深呼吸をして精神を集中させていく。

「すぅー、はぁー……っ」

意識を内へ内へ、魂の奥底へと沈み込ませたその瞬間、

「……っ!?」

どす黒い光が魔法陣から放たれ、バキンという甲高い音とともに魔法陣が砕け散った。

■

俺が霊力の測定を行った結果、魔法陣は何故かバキバキに砕けてしまった。

「あ、あれ……?」

「「「……」」」

予想だにしない事態に、霊力の間はシンと静まり返る。

クラスメイト全員の視線が全身に突き刺さり、嫌な汗が背中を伝っていく。

(こ、これって……。もしかしなくても、俺のせい……だよな?)

これまで三十人ほどが霊力の測定をしてきたけど、こんなことは一度も起こらなかった。

もしかしたら、俺が霊力の測り方を間違えてしまったのかもしれない。

なんとも言えない微妙な空気が流れる中、俺は気が気でない思いをしていた。

（この魔法陣、いったいいくらするんだろうか……？）

わざとじゃないとはいえ、学院の備品を壊してしまったのだ。

当然、弁償する必要があるだろう。

わざわざ『霊力の間』という専用の部屋に設置された魔法陣。どう考えても、千ゴルドや二千ゴルドで済むわけがない。

（た、確か……。霊晶剣が一本百万ゴルド……だったよな……？）

霊晶剣は準備室にそれこそ百本以上もあったが、この魔法陣はこの霊力の間にたった一つだけだ。希少性という観点から見れば、圧倒的にこちらの方が上だ。

（最低でも百万ゴルドは超える……よな……っ）

全身から血の気がサッと引いていく。

百万ゴルドは大金だ。それだけのお金があれば、一年は働かず生活することができる。

（……まずい）

立派な剣士になって、母さんに楽な暮らしをさせてあげるはずだったのに……このままじゃ借金地獄へ引きずり込んでしまうかもしれない。

（……い、いや、落ち着け！　もしかしたら、意外と安いということもあるかもしれないぞ……！）

そうだ、まだ何もそんな高価なものだと決まったわけじゃない。

もしかしたら、回数制限のある消耗品という可能性だってある！

かすかな希望を抱き、先生の方へ視線を向けると、

「な、なんてことだ……!?」

彼女は大きく目を見開き、わなわなと拳を震わせていた。

（……終わった）

あの差し迫った表情、間違いない。

魔法陣は霊晶剣と比較できないほど、希少で高価なもののようだ。

（馬鹿な……測定不能だと……!?　もしかして、アイツが何か干渉したのか？　……いや、あり得ない。霊力の測定に霊核が影響するなんて話は、これまで聞いたことがない。つまり魔法陣が破壊された原因は、『アレン個人』の持つ莫大な霊力……っ）

青い顔のまま、黙りこくってしまった先生に、俺は勇気を振り絞って声を掛けた。

「せ、先生……？」

しかし、返事はなかった。

よほどショックが大きかったのだろう。

彼女は下唇を噛み締め、何やら思案に暮れているようだった。

（おそらく原因は、あの呪われた『一億年ボタン』だ……っ。おそらく相当長い時間、『時の世界』に閉じ込められていたのだろう。千年……いや、下手をすれば二千年に届くやもしれん……っ。可哀想にな……脱出に手間取ってしまったのだろう……）

その後、大きなショックから立ち直った先生は、ジッとこちらを見つめた。

「アレン、お前はいったい何年――」

「――す、すみませんでした」

俺が勢いよく頭を下げると、先生は困惑した表情を浮かべた。

「ど、どうしたんだ、急に謝ったりして……？」

「魔法陣を壊してしまい、すみませんでした。今すぐには無理ですが、必死に働いてちゃんと弁償します……っ」

「あー、そんなことは気にしなくていいさ。この魔法陣は、霊晶剣には使用できない低質な霊晶で組んだものだからな。そんなに高価な品物じゃないんだ」

「ほ、本当ですか……!?」

「うむ。それに今のは、授業内で起きた事故だ。君に責任はないし、当然弁償する必要もない。だから、安心するといい」

「よ、よかった……っ」

俺が心の底から安堵の息をつくと、

「れ、レイア！　結局、アレンの霊力はどうだったの⁉　『黒色』の光なんて、あなたの説明になかったわよ⁉」

リアはそう言って、先生を問い詰めた。

「私もあんな黒い光を見たのは初めてだから、はっきりとは言えんが……。一つだけ確かなことがある。アレンの霊力は、この場にいる誰よりも多い。無論、この私よりもな」

「「なっ⁉」」

その瞬間、クラスメイト全員が固まった。

いろいろ残念なところの多いレイア先生だが、こと『戦闘』においては絶対的な強さを誇る。その彼女よりも霊力が上という事実に、この場にいる全員が息を呑んだのだ。

「せ、先生……。いくらなんでもそれは、ちょっと言い過ぎじゃないですか……？」

俺が恐る恐る問い掛けると、

「いや、間違いない。『霊力』という一点において、君は私の上を往く。――誇っていい。

これほど莫大な霊力を持つ剣士は、世界広しといえどもそういるものではない」

彼女は親指を立てて、ニッと笑った。

「あ、ありがとうございます……！」

とても……とても嬉しかった。

これまで生きてきた十五年間。『剣士としての俺』は『先生』から褒められたことがただの一度もなかった。

グラン剣術学院のときが、まさにそうだ。

――アレン、お前には才能がない。

――どれだけ素振りをしても無駄だ。

――目障りだから、早く辞めてくれ。

『先生』たちは感情の籠っていない冷たい目で、口々にそう言った。

そんな俺が、剣士として褒められた。グラン剣術学院よりも遥か格上の五学院で。

それも『黒拳』と呼ばれ、世界中の誰もが認める凄腕の剣士――レイア先生に……！

（誰かに褒められるって、こんなに嬉しいんだな……っ）

そうして俺がとてつもない喜びを噛み締めていると、

「お、おいおい……。黒拳レイア＝ラスノート以上の霊力ってマジか……!?」

「こ、国家戦力級の霊力ってこと、だよな……？」

「やっぱすげぇよ、アレンは……！」

クラスメイトのみんなも手放しの称賛を口にした。

それから少しして――ざわめきが落ち着いたところで、先生はパンと手を打つ。

「さて霊力の測定も終わったことだし、これより霊力を強化するための具体的な修業方法を教えよう」

彼女はゴホンと咳払いをしてから、ゆっくりと語り始めた。

「修業方法は至って簡単、限界ギリギリまで自分を追い込むことだ！　精神をすり減らし、心が悲鳴をあげるその瞬間――霊力は大きく成長する！　素振りでも持久走でも、とにかくなんでも構わない！　音を上げるような苦行を、ひたすら何度も繰り返すんだ！」

『音を上げるような苦行を、ひたすら何度も繰り返す』、それはとても『俺向き』の修業方法だ。

俺は時の世界で十数億年もの間、ただひたすらに剣を振り続けた。我慢・忍耐・継続、そういう地味で苦しいことはもう慣れっこだ。むしろ最近は、少し楽しいとすら思えてきた。

もしかしたらこの霊力は、あそこでの経験が実を結んだものかもしれない。

「さて二限の終了までは……よし、まだ後三十分もあるな。それではこれより魂装場へ戻り、授業を再開するぞ！　霊力の強化については、午後の筋力トレーニングで実施予定だ！」

「「「はい！」」」

そうして魂装に必要不可欠な『霊力』を理解した俺たちは、再び霊核との対話を始めたのだった。

■

その後、二限の授業を終えた俺・リア・ローズの三人は、お弁当を持って生徒会室の前へ集まった。定例会議という『お昼ごはんの会』に参加するためだ。

俺が扉を軽くノックすると、

「――どうぞ」

会長の凛とした声が返ってきた。

ゆっくり扉を開けると、俺たちの姿を目にした会長がすぐにこちらへ駆け寄ってきた。

「アレンくん、ローズさんに……リアさん！　みんな、本当に無事でよかったわ……！」

彼女は心の底からホッとした表情を浮かべ、リアの手をギュッと握り締めた。

「いや、本当に災難だったな……」

「本当に無事で何よりなんですけど……！」

リリム先輩とティリス先輩も、そう優しい言葉を掛けてくれた。

「みなさん、この度はご心配をお掛けしました」

リアがそう言って頭を下げると、

「いいえ、あなたにはなんの責任もないわ。悪いのは、あんな危険な連中の侵入を許した『私の家』よ。本当にごめんなさい……」

政府側の重鎮アークストリア家の令嬢である会長は、申し訳なさそうに頭を下げ返した。

「か、会長が謝ることじゃありませんよ……！　頭をあげてください……！」

「いいえ、国防は『アークストリア家』の重要な職務の一つなの。この件に関しては、申し開きもできないわ……」

彼女はもう一度謝罪の言葉を口にすると、今度は俺とローズの方を向いた。

「――アレンくん、ローズさん。あなたたちには、本当に助けられたわ。もしもリアさんの身に何かあったら……。きっとアークストリア家だけの問題に収まらず、国際問題にまで発展していたはずよ……」

「俺はただ友達を助けただけですから、気にしないでください」

「あぁ、アレンの言う通りだ」

会長は短く「ありがとう」と呟き、現在の警備体制について簡単に話し始めた。

「今はアークストリア家の指導のもと、今までよりも遥かに厳重な警備網を構築しているわ。それに加えて、来月から人員も大きく拡充する予定なの。だから、今後はそう易々と侵入できないはずよ」

そうして話が落ち着いてきたところで、

「さっ、難しい話はこれぐらいにしてお昼ごはんを食べようじゃないか！」

「もうお腹ペコペコなんですけど……」

リリム先輩とティリス先輩が気を利かせて、重たくなった空気を吹き飛ばしてくれた。

「そうですね。俺もそろそろお腹が空いてきました」

俺はその機を見逃さず、楽しくごはんを食べる流れを作り出す。

「……そうね。それじゃいつも通り、生徒会の定例会議を始めましょうか！」

こちらの意図を理解した会長は、少し嬉しそうに微笑み――明るい声で定例会議の開始を告げた。それから俺たちは、いつも通り『お昼ごはんの会』を楽しんだのだった。

■

生徒会の定例会議と午後の筋力トレーニングを終えた俺は、理事長室へ向かっていた。

重厚な黒塗りの扉をコンコンコンとノックすると、

「──入れ」

レイア先生の硬質な声が返ってきた。

（……この声は）

少なくない時間を一緒に過ごしたからだろう。

なんとなく、わかってしまった。

（硬質でありながらどこか明るいこの声は、間違いなく遊んでいるな……）

おそらく十八号さんに仕事を押し付け、愛読している週刊少年ヤイバでも読んでいるのだろう。

そんなことを考えながら、ゆっくりと扉を開けるとそこには──高級感のある黒い机に向かい、難しい表情を浮かべる先生の姿があった。

「……今は手が離せない。少しそこで待ってくれ」

彼女はこちらへ視線を向けることなく、眉間に皺を寄せながら手元の雑誌に目を落としていた。

「はい」

俺は短くそう答え、先生の手が空くのを待った。

それから三分ほどが経過したところで、

「ふぅー……っ」

彼女は熟読していた雑誌――週刊少年ヤイバを机に放りだし、大きく息を吐き出した。

その顔には興奮の色がありありと浮かんでいる。

どうやら今週号の内容は、十分満足できるものだったらしい。

「……堪能した」

先生はしみじみとそう呟き、机に置かれたグラスの水を勢いよく飲み干した。

「――さてどうしたんだ、アレン？　君が一人で訪ねてくるなんて珍しいじゃないか」

「はい。実は少し、相談したいことがありまして……」

「そうか、それなら遠慮せずになんでも話すといい。幸いなことに今日は暇だからな」

「ありがとうございます。では――」

それから俺は、今悩んでいるいろいろなことを話した。

研究所で出せたはずの黒剣が、いつの間にか出せなくなっていること。

魂の世界で、アイツに霊力が『すっからかん』だと言われたこと。

自分の意思で、ほんの少し闇を操作できるようになったこと。

そうして全ての話を静かに聞いた先生は、

「ふむ、なるほど……。つまり君は『黒剣』『霊力』『闇』、この三つをどの順番でどんな風に鍛えればいいのか悩んでいるんだな？」

　俺が頭を悩ませていることを正確にまとめた。

「はい、その通りです……」

　黒剣・霊力・闇、ここ数日の間にいろんなことを一度に学んだ。

　黒剣を――魂装を発現するためには、魂の世界でアイツに勝つしかない。

　霊力を強化するためには、地道な筋力トレーニングが一番だと先生が言っていた。

　闇を自在に操作するためには、そもそも何をすればいいのかさえわからない。

　正直なところ、いったいどこから手を付けるべきかわからない。

「その三つの中から選ぶならば、絶対に『闇』の修業から始めるべきだな」

　先生は強く断言した。

「闇からですか？」

「あぁ、間違いない。君の場合は、まず『闇』を自在に操れるようになるのが先決だ。その後は霊力を強化し、操作できる『闇の量』を増やす。そして最後に黒剣を――魂装を発現するための修業をする。これがベストな順番だろう」

「な、なるほど……！」

　まずは闇の操作をマスターし、次に霊力を鍛えて闇の量を増やす。

そうして俺自身の力を限界まで鍛え抜いた上で、最後にアイツを倒し――黒剣を、魂装を発現させる。確かに、しっかりと筋が通っている。

「とても参考になりました、ありがとうございます！」

「ふっ、どういたしまして。剣王祭はもうすぐそこだ。君の活躍を陰ながら応援しているよ」

「はいっ！」

そうして元気よく返事をした俺は、

「それでは、失礼します」

「あぁ、無理をし過ぎないようにな」

理事長室を後にしたのだった。

■

アレンの去った直後、

「……よし、これで少しは時間を稼げるだろう」

レイアは大きな罪悪感を抱えながら、ポツリとそう呟いた。

「レイア様、本当によろしかったのですか……？　あんな間違った修業法を教えてしまって……」

部屋の隅で書類作業に没頭していた十八号は、確認するように問い掛けた。

「……」

それに対し、レイアは苦々しい表情で黙り込む。

良心の呵責に苛まれているのだ。

「本来ならば、真っ先に『黒剣の習得』を目指すべきです。あの闇はどこまでいっても、『副産物』に過ぎません。そこにどれだけ時間を注ぎ込もうと、ただただ脇道へ逸れていくばかり……。本筋である黒剣――すなわち『魂装の発現』には、永遠に届きません。そんなこと、レイア様がご存知ないはずありませんよね……？」

十八号の真っ当な意見を受けたレイアは、大きく息を吐き出す。

「……やむを得んことだ。まさかこんなにも早く、アイツから力を奪うなんてな……。こんな事態、誰も想像さえしていなかった……」

彼女はお手上げだとばかりに首を横に振った。

「アレンは、間違いなく『天才』だ。何せあの化物を精神力で捻じ伏せたんだからな……。正直、これではどちらが化物かわからんぞ」

そうして苦笑を浮かべたレイアは、

「とにかく、これ以上アレンを目立たせるわけにはいかん。黒の組織の上層部に目を付けられたら、いろいろと厄介なことになるからな……。特に『神託の十三騎士』――奴等が出張って来たら、私でもどうなるかわからん」

頭をガシガシと掻きながら、話をそう結んだ。

「なるほど、アレン殿の『隠蔽』を最優先にする……という判断でございますね？」

「まぁ、そういうことだ」

「承知しました。しかし、そうなると……アレン殿の剣王祭は……？」

「……あんなデタラメな修業方法で成長するわけがない。間違いなく、他の五学院とぶつかったときに惨敗するだろう。いや、そうなってもらわなくては困る。剣王祭の注目度は桁外れに高いからな……」

彼女は複雑な顔つきでそう呟き、

「――さぁ、この話はここで終わりだ！　いつまでも無駄口を叩いてないで、さっさと働いた働いた！」

「か、かしこまりました！」

パンパンと手を打ち鳴らし、十八号に仕事の再開を命じたのだった。

だがこのとき、レイアは大きなミスを犯していた。彼女はアレン＝ロードルという『オ能』を警戒するあまり、アレン＝ロードルという『異常』を見逃してしまったのだ。

実際この日以降、彼はひたすら『闇の操作』に励んだ。

歩く時も。授業を受ける時も。素振りをする時も。食事を取る時も。風呂に入る時も。

意識のある間は、ひたすら『闇』と向き合い続けた。

十数億年という苦渋の果てに身に付けた『忍耐』が、それを可能にしてしまったのだ。

そしてついに――剣王祭当日を迎える。

■

レイア先生から素晴らしい修業方法を聞いた俺は、それから毎日毎日ひたすら『闇』の操作に励んだ。これまでのように我武者羅に剣を振るのではなく、『闇の操作』という明確な目的を持って行う修業は新鮮で楽しかった。

日中は学院の授業。放課後は素振り部の活動。夜はリアやローズたちと一緒に剣術を磨く。

そんな日常を過ごしながら、常に『闇』を意識した生活を送った。

そして今日――いよいよ剣王祭当日を迎えた。

「――それじゃリア、行ってくるよ」

時刻は朝の七時。朝支度を終わらせた俺は、玄関先でリアに声を掛けた。

「うん、気を付けてね。観客席で応援しているから、ちゃんと見つけてよ？」

「あぁ、わかった」

剣王祭の出場選手は、少し早めに会場入りする必要がある。

そのため、先に寮を出なければならないのだ。

「行ってらっしゃい、アレン」

「あぁ、行ってくるよ」

小さく右手を振るリアに見送られた俺は、真っ直ぐ生徒会室へ向かった。

会場へ向かう前に簡単な作戦会議をしてから、メンバー全員で現地へ行く予定なのだ。

生徒会室に到着した俺は軽くノックをし――入室許可をもらってから、ゆっくり扉を開ける。

「――会長、リリム先輩、ティリス先輩、おはようございます」

「おはよう、アレンくん」

「おはよう、アレンくん！　今日は絶好の剣王祭日和だな！」

「……おはよう」

柔らかい笑みを浮かべた会長。いつも通り、元気いっぱいのリリム先輩。朝に弱く、いまだ寝ぼけ眼のティリス先輩。それぞれが三者三様の挨拶を返してくれた。

「それじゃアレンくんも来たことだし、そろそろ作戦会議を始めましょうか」

「そうだな！　ちなみに、私のイチ押しは『ガンガン攻める！』だぜ！」

「できれば短めでお願いしたいんですけど……ふわぁ……っ」

いつも通りのリリム先輩とティリス先輩に、俺は思わずクスリと笑ってしまう。

「っと、その前に……。アレンくんには、まだ見せてなかったわね。はい、これがうちの出場選手表よ」

会長は一枚のプリント用紙を手渡した。

「ありがとうございます」

そこには千刃学院の代表選手五人の名前とそれぞれの戦う順番が記されていた。

先鋒アレン＝ロードル。

次鋒リリム＝ツオリーネ。

中堅ティリス＝マグダロート。

副将シィ＝アークストリア。

大将セバス＝チャンドラー。

「……セバス＝チャンドラー？」

一人だけ、知らない人の名前があった。それもなんと『大将』として登録されている。

「──セバス＝チャンドラー、うちの副会長よ」

俺の呟きに対し、会長はため息まじりに答えた。

「あれ……？　副会長って、見つかったんですか？」

確か副会長はブラッドダイヤを探しに、渡航禁止国である神聖ローネリア帝国へ渡ったという話だった。それも、信じられないことに単なる『罰ゲーム』で。

「いいえ、依然として行方不明のままよ……」

「……ということは」

「ええ、残念ながら大将戦は不戦敗ということになるわね……」

会長は暗い顔で話を続ける。

「でも、これは仕方がないことなの。代役を頼んだ風紀委員長には、『興味ない』って断られちゃうし……。実力的に『大将』か『副将』を任せられるのは、もうセバスぐらいしか残っていないのよ。そういうわけで『どうせ空白で出すぐらいなら、一か八かで書いちゃえ！』って登録だけはしておいたの」

「な、なるほど……」

剣士の勝負は真剣勝負。

半端な実力の人を出せば、目も当てられない悲劇が起きてしまう。

各校最強クラスの剣士が出張る『大将』や『副将』を任せられる人は、自ずと限られてくるだろう。

（しかし、逆に言えば……。『風紀委員長』と『副会長セバス＝チャンドラー』は、この会長が認めるほどの実力者というわけか……）

もし機会があれば一度、手合わせをしてもらいたいな。

俺がそんなことを考えていると、

「だから、うちの作戦は『ガンガン攻める！』に決まりよ！　というより、もうそれしか手がないわ！」

会長は机をバンと叩き、勢いよくそう言った。

「いいぞ、シィ！　気が合うじゃないか！」

リリム先輩は、会長の打ちだした『押せ押せの作戦』に強い賛同を示した。

それに満足した会長はコクリと頷き、とてもシンプルな作戦内容を語り始める。

「作戦は至極簡単よ。見ての通り、今回私は『大将』から降りたわ。その意図はもちろん——確実に副将戦を取るため！　だからアレンくん・リリム・ティリスの三人は、なんとかして『二勝』をもぎ取って！　大将戦にもつれ込む前に、早期決着を目指すのよ！」

「が、頑張ります……！」

「任せときな！　ばっちり決めてやるぜ！」

「一応努力だけはしてみるんですけど……」

そうしてそれぞれの返答をした俺たちは、

「それじゃ、早速剣王祭の会場へ行きましょう！」

意気揚々と進む会長の後に付いて、剣王祭の会場へ向かったのだった。

■

剣王祭は高等部の全剣術学院が参加する、この国で最も注目度の高い剣術の祭典だ。

各学院はAグループからHグループに振り分けられ、予選を戦っていく。そしてそれぞれのグループを勝ち抜いた上位二校のみが、本戦に出場できる仕組みだ。

当然そんな大規模な祭典が一日で収まるわけはなく、剣王祭は三日にわたって執り行われる。初日は予選、二日目は本戦、三日目は決勝戦という具合だ。

「――さぁ、着いたわ。ここがAグループの予選会場『オーレスト国立闘技場』よ」

会長はそう言って、目の前にそびえ立つ巨大な円形闘技場を指差した。

「こ、これはまた立派な建物ですね……」

ヴェステリアにあった『大闘技場』、あれを一回り小さくしたぐらいだろうか。

あちらが風雨に晒された歴史と貫禄のある石造りであるのに対し、こちらは鉄骨とコンクリートで組まれた近代的な造りとなっていた。

「――さっ、早いところ受付を済ませましょう。『中の空気』に慣れる必要もあるしね」

会長はそう言って、足早に受付テントへ進んで行った。

その後、簡単に受付を済ませた俺たちは、オーレスト国立闘技場の門をくぐる。

長い石畳の通路を抜けるとそこには、大量の剣士の姿があった。

（す、凄い……っ）

右を見ても左を見ても、どこを見ても剣士ばかり。

その圧倒的な空気と圧迫感に少し呑まれてしまいそうになった。

『人酔いする』とでも言えば、いいのだろうか……。

人よりも遥かに家畜の多いゴザ村で育った俺は、あまりこういった人混みが得意ではない。

だけど、こればっかりは頑張って慣れるしかない。

「すー……っ。はー……っ」

大きく何度か深呼吸をして、気持ちを落ち着かせた。

それから少しすると、剣王祭実行委員会による開会式が始まった。

壇上に立った初老の男性は、簡単な挨拶とルール説明を行う。

各校選抜の五人が先鋒・次鋒・中堅・副将・大将に就き、先に三勝した側の勝利。後進育成のため、各校必ず一年生を一人『先鋒』として起用すること。試合に持ち込んでいいのは剣のみ、防具などの持ち込みは禁止。

特に変わったところのない、ごく単純なルールばかりだった。

「それでは——本日のトーナメント表を公開いたします」

壇上の男性がそう言った次の瞬間、彼の背後にあった巨大なスクリーンにトーナメント表が映し出された。

(さて、千刃学院は……っと)

俺がジッとトーナメント表を見つめると、その左端に『千刃学院』の文字を見つけた。

どうやら今日最初に戦うのは、俺たち千刃学院のようだ。

(初戦の相手は『人狼学院』か……)

聞いたことのない名前だな。

俺がそんなことを思っていると、リリム先輩が露骨に顔を歪めた。

「うへぇ、初戦から『人狼学院』とかよ。やだなぁ……」

「先輩、人狼学院のことを知っているんですか？」

「あぁ、そこそこ有名な学院なんだ。去年も一昨年も『本戦』に出場している強豪だよ。

でもまぁ、そこはどうでもよくて……あそこはちょっとガラの悪い学院でな。あんまり好きじゃないんだよ……」

「そ、そうなんですか……」

　二人でそんな話をしていると、闘技場内に通りのいい女性の声が響いた。

「――さぁ予定も詰まっておりますので、予選第一試合を開始したいと思います！　千刃学院と人狼学院のみなさまはご準備を！　それ以外のみなさまは、一度舞台からご退場願います！」

　どうやらこの後すぐ、初戦が始まるようだ。

「頑張ってね、アレンくん！」

「君ならできるぞ！　気合だー！」

「陰ながら応援しているんですけど……」

　先輩たちはそう言って、背中をポンと叩いてくれた。

「はいっ！　精一杯、頑張ります！」

　こうして俺は目前に控えた人狼学院との『先鋒戦』を前に、気持ちを高ぶらせるのだった。

■

実況解説の指示に従って、千刃学院と人狼学院以外の生徒は舞台から降り――選手控室へ向かった。

そうして大勢の剣士たちが移動する中、俺は観客席をチラリと見た。

（す、凄い数だな……っ）

会場はまさに満員御礼。空席の一つさえ見当たらなかった。

さすがは剣王祭。まだ予選だというのに、世間からの注目が段違いだ。

（……リアはどこにいるんだろう）

数万人を超える観客の中から、どこにいるかもわからない彼女を見つけ出すのは、あまり現実的じゃない。それでもダメもとで目を凝らしていると、実況解説のアナウンスが流れた。

「さぁ、それではこれより――人狼学院と千刃学院の『先鋒戦』を開始致します！」

その瞬間、会場内の熱気は一気に最高潮へ達し、まるで地鳴りのような歓声が鳴り響く。

「さぁさぁ、会場内の空気も温まってきたところで――早速選手紹介へ参りましょう！」

実況解説はゴホンと咳払いをし、意気揚々と選手紹介を始めた。

「まずは人狼学院が先鋒――ガロウ＝ユンドラー選手！　手元の情報によりますと、彼はなんと十歳のときに魂装を発現した超天才剣士！　さらには西部で有名な『百花繚乱流』

の免許皆伝！　五学院への入学も決まっていたそうですが……直前に起こした暴力事件が原因で話が流れてしまったとのことです。つまり、単純な実力は五学院クラスと言えるでしょう！」

紹介を受けた一人の剣士が、ゆっくりと舞台へ上がった。

ガロウ＝ユンドラー。

整髪料でばっちりと決められた、派手な金髪。目鼻立ちの整った顔には、大きな自信の色が浮かんでいた。身長は俺より少し高く、百七十センチ半ばほどだろう。真っ黒の生地に真紅の十字架が走った、人狼学院の制服に身を包んでいた。

「うぉおおおおおおお！　血祭りにあげてやれ、ガロウー！」

「千刃学院のカスどもは皆殺しだぁ！」

「『都落ちの敗北者』に、時代が変わったってことを教えてやれぇ！」

観客席の一画から、口汚い応援が飛ぶ。

おそらく人狼学院の生徒だろう。彼らはみんなガロウさんと同じ制服を着ていた。

（それにしても、ひどい応援だな……）

リリム先輩が言っていたように、ガラのいい学院ではないらしい。

「さぁお次は、千刃学院が先鋒――アレン＝ロードル選手！　手元の情報によりますと、彼は……え？　あ、え、えーっと……っ。どこの流派にも所属しておらず、毎日ただ黙々と素振りをしているそうです。こ、魂装は――あっ……まだ発現すらしていないそうです……」

なんというか、とてつもなく悲しい紹介だった。

（言っていることは全て正しいけど……。もう少しぐらい、まともな紹介もできたんじゃないだろうか……）

俺がそんなことを思っていると、

「ぷっ……ぎゃっははは！　『無所属の剣士』って、笑わせてくれるじゃねぇか！」

「さすがに生徒の質が悪過ぎんじゃねぇのかぁ、えぇ？」

「ついに千刃学院もそこまで落ちぶれたか……！　そろそろ『五学院』って括りから、追い出されちまうかもなぁ！」

人狼学院の応援席から、凄まじい嘲笑と罵倒の声が飛んだ。

（なんかこういうのは、久しぶりだな……）

最近は少しずつ仲間が増えてきたおかげで、こういう罵声に遭うことも少なくなった。

俺がぼんやりそんな感想を抱いていると、

「アレーンッ！　私が付いてるよー！　こんな奴等に負けるなー！」

ちょうど真後ろから、とても心強い声援が聞こえてきた。

（これは、リアの声だ……！）

急いで振り返るとそこには――大声を張り上げながら、こちらへ大きく手を振ってくれる彼女の姿があった。観客席の最前列、これ以上ないほどの場所だ。

しかもその後ろには、ローズやテッサをはじめとしたA組のみんな――それに千刃学院の制服に身を包んだ先輩たちの姿まである。

俺がリアに手を振り返したそのとき、ちょっとした違和感を覚えた。

（あれ、おかしいな……）

千刃学院が馬鹿にされているにもかかわらず、クラスのみんなや先輩たちは――奇妙なほどに静まり返っていた。それどころか、ニヤニヤと余裕の笑みを浮かべている。

（いったいどうしたんだろう？）

疑問に思った俺が首を傾げていると、

「おいおい、どうしたどうしたぁ？　ブルっちまったなら、棄権してもいいんだぜぇ？」

ガロウさんは口角を吊り上げ、挑発的な言葉を口にした。

「……いえ、大丈夫です」

周囲からの罵声は、グラン剣術学院の三年間で嫌というほどに浴びてきた。これぐらい、どうということはない。

（それに……俺はもう一人じゃない……！）

リアの声援は、一万の罵声を軽く凌駕する。

「くくく、そうかいそうかぃ……。まぁ、安心するといいさ。流派なし・魂装なしのド三流剣士を相手に……ははっ！　本気を出すような、みっともねぇ真似はしねぇからよぉ！」

ガロウさんは肩を揺らし、挑発を繰り返した。

一人の剣士として、さすがにこれは聞き流せない。

「剣士の勝負は、真剣勝負ですよ？」

確かに俺はどこの流派にも入れてもらえなかったし、いまだ魂装も発現できていない。

それでも、一人の『剣士』であることに違いはない。

真剣勝負の場で、『手を抜く』という屈辱的な発言。さすがにこれは看過できない。

「おいおぃ、おもしれぇこと言ってくれるじゃねぇか！　超天才剣士の俺様が、てめぇみたいなド三流を相手に『真剣勝負』だぁ？　あんまり調子に乗ってっと……ぶち殺すぞ？」

強い不快感を露にしたガロウさんは、鋭い目でこちらを睨み付けた。

「そう、ですか……」

彼が頑としてその姿勢を崩さない以上、ここで何を言っても仕方がない。

俺ができることは、ただ一つ。

(ガロウさんが本気を出さざるを得なくなるまで、ひたすら攻め立てるだけだ……!)

とてつもない侮辱を受けた俺は、心の中で静かに戦意を滾らせた。

その直後、実況解説の咳払いが響く。

「――ゴホン、両者準備はよろしいでしょうか? それでは千刃学院対人狼学院、第一戦――はじめ!」

開始の合図と同時、俺は間合いを詰めるために地面を強く蹴った。

すると次の瞬間、

「……え?」

「……あ?」

目と鼻の先にガロウさんの姿があった。

(これ、は……っ!?)

まずは軽く接近して彼の出方を窺うつもりが、うっかり『必殺の間合い』にまで踏み込んで――否、踏み込めてしまった。

最近はずっと闇の操作ばかり練習していたため、気付くことができなかった。

闇が体に馴染むに連れて、俺の身体能力は格段に上昇していたらしい。

（しかし、どうする……？）

剣すら抜いていない相手に斬り掛かるのは、さすがに剣士としてどうかと思われた。

（だけど、これは真剣勝負だ）

今ここで手を抜くのは、ガロウさんを侮辱することにほかならない。

（丸腰の相手に斬り掛かるわけにはいかない。かといって、手を抜くことも許されない……）

相容れぬ両者の板挟みにあった俺は――折衷案として、前蹴りを繰り出した。

「――はぁッ！」

軽い牽制のつもりで放ったその一撃は、ガロウさんの腹部に深々と突き刺さる。

「か、はぁ……っ!?」

彼はまるでボールのように石舞台を転がり、最終的にはピクリとも動かなくなった。

「「……は？」」

信じられない事態に、オーレスト国立闘技場はシンと静まり返る。

「う、うそ……っ。はっ――し、失礼しました！　しょ、勝者、アレン＝ロードル選手！」

素で困惑していた実況解説が、高らかに勝敗を宣言したその瞬間、

「「いよっしゃぁあああ！」」

これまでの沈黙が嘘のように、千刃学院の先輩たちが歓喜の声をあげた。

「見たか、人狼学院！　これが悪の帝王――アレン＝ロードル様の実力よ！」

「しっかし、まさか『剣』すら使わねぇとはなぁ……。侮辱には、それ以上の侮辱で返す。相変わらず、えげつねぇやり方だぜ！」

「はっはっはっ、この勢いで次鋒戦・中堅戦もいただくぞ！」

幸先のいい勝利に舞い上がった先輩たちが、妙なことを叫んだせいで……。

「あのガロウをたった一撃で……!?　千刃学院……落ちぶれたかと思ったが、今年はとんでもない逸材が入ってきているな……っ」

「しかし、真剣勝負で剣さえ使わぬとは、ガロウのプライドはズタボロだな……。可哀想な男よ。再び剣士として、立ち直ることができるかどうか……」

「アレン＝ロードル、か……。優しい顔の裏に『鬼の如き残虐性』を秘めた男だな……」

周りの観客たちによからぬ噂が広がっていた。

俺の『間違った悪名』は千刃学院を越え、ついに一般大衆にまで広がろうとしていた。

「はぁ、また面倒なことが起こらないといいけど……」

大きなため息を漏らしながら、ゆっくりと舞台上から降りる。

とにもかくにも――こうして俺は、ガロウ＝ユンドラーとの先鋒戦を見事勝利で飾ったのだった。

■

　無事に初戦を制した俺は、舞台袖で見守ってくれていた会長たちの元へ戻る。

「さっすがアレンくん、見事なものね！」

「凄まじい前蹴りだったな！　惚れ惚れしたぜ！」

「お疲れ様なんですけど……」

　彼女たちはそう言って、俺の勝利を手放しに喜んでくれた。

「あはは、ありがとうございます」

　笑顔でそう返事をしてから、観客席の方へ向き直ると、ばっちりリアと目が合った。

　ちょっとした気恥ずかしさもあって、控え目に手を振れば——彼女は大輪の花のような笑みを浮かべながら、大きく手を振り返してくれた。

　そうこうしているうちに実況解説のよく通る声が響く。

「いったい誰がこのような結果を予想したでしょうか!?　アレン＝ロードル、もしかすると今大会の『ダークホース』になるやもしれません！　——さぁそれでは続きまして、第二戦『次鋒戦』を開始致します！」

　千刃学院の次鋒は、リリム＝ツオリーネ先輩だ。

「わかっているわね、リリム？　アレンくんの作ってくれた、このいい流れを活かすのよ！」

「リリム先輩、頑張ってください！」

「ここは勝ってもらわないと困るんですけど……」

「ふっふっふっ、この私に任せろ！」

彼女はそう言って、意気揚々と舞台へ上がっていったのだった。

■

その後、リリム先輩は烈火の如き苛烈な攻めを見せ、危なげなく次鋒戦を制した。

続く中堅戦。ティリス先輩はやや苦戦を強いられながらも、なんとか無事に勝利を収める。

こうして先鋒戦・次鋒戦・中堅戦、三戦全勝を収めた俺たちは、強豪校と評判の人狼学院を打ち破った。

「剣王祭予選Aグループ――記念すべき第一戦の勝者は、五学院が一つ千刃学院です！　おめでとうございます！」

実況解説のアナウンスが響くと同時、

「やるじゃねぇか！　どれもこれもいい試合だったぜ！」

「おいおい、今年はいよいよ『常勝』千刃学院の復活か!?」

観客から祝福の声と割れんばかりの拍手が送られた。

「――それでは続きまして第二戦、日暮学院対霧島学院の試合を行います！　千刃学院と人狼学院のみなさまは、選手控室へお戻りください！」

実況解説の進行に従い、俺たちは選手控室へ向かった。

長い廊下を歩き、俺が控室の扉を開けたその瞬間――そこに待機していた全ての剣士が、ジッとこちらを見つめた。

「……っ」

横目でこちらの様子を窺う者。品定めをするような視線をチラチラと向ける者。隠そうともせず、真っ正面からジッと見つめる者。

(き、気のせいじゃないよな……っ)

その異様な状況に居心地の悪さを感じていると、

「ふふっ、みんなアレンくんに興味津々ね」

「鮮烈な『剣王祭デビュー』を飾ったからな！　くぅー、羨ましいぜ！」

「いやこんなに見られたら、普通に鬱陶しいだけなんですけど……」

会長たちはそう言って、軽く笑い飛ばしてくれた。

「よその視線なんか、全く気にしなくていいわ。気を楽にして、次の試合に備えましょう？」

「はい、ありがとうございます」

それから俺は、先輩たちといつものように楽しく話しながら、二回戦の開始を待った。

■

その後、俺たちは破竹の勢いで勝ち星を積み上げていく。

ほとんどの試合は先鋒・次鋒・中堅での三連勝、ストレート勝ち。

リリム先輩とティリス先輩は、たまに負けることもあったけれど……。

副将に控える会長がしっかりと勝利を収め、ついにAグループ予選の決勝にまでコマを進めた。

「さぁ、それではいよいよ本日最後の試合――千刃学院対占星学院の決勝戦を開始致します！」

実況解説の女性は、ここに来て一番の大声を張り上げた。

「剣王祭では各グループの上位二校が本戦へ出場するため、既に両学院とも『本戦進出』を決めております。――しかし、一位で突破するか、はたまた二位で突破するか！　それによってこの先は、まさに天国と地獄！」

彼女は一呼吸置き、さらに話を続ける。

「本戦の組分けでは、一位突破した学院は他グループの二位と！　二位突破した学院は、他グループの一位とぶつかります！　つまり千刃学院も占星学院も、ここはなんとしても一位突破を目指したいところでしょう！」

剣王祭本戦の組分けを初めて耳にした俺は、この決勝戦の『重み』をしっかりと認識した。

（これは負けられないな……）

各グループの一位突破は、氷王学院をはじめとした『五学院』と見て間違いない。

順当に勝ち進めば、いずれは五学院とぶつかることになるが……それは可能な限り『後』の方がいい。

（本戦では『決勝戦』を除いた三戦をたった一日でこなすことになる……）

ベスト８・準々決勝・準決勝の三試合。

当然ながら一戦一戦が死闘であり、体力の消耗も凄まじいだろう。

（『連戦』かつ『トーナメント』という形式上――無駄な消耗や怪我を避けるという意味で、他の五学院と当たるのはなるべく『後』の方が有利だ）

俺がそんなことを考えていると、実況解説が恒例の選手紹介へ移った。

「まずは千刃学院が先鋒――アレン＝ロードル選手！　なんとこれまで全戦全勝！　それ

も、たったの一太刀も受けず『無傷で全勝』という快挙を成し遂げた、今大会のダークホースでございます！」

そして間髪を容れず、次の選手紹介を始める。

「お次は占星学院が先鋒――スヴェン＝ロズリック選手！　柔剣流という南部発祥の珍しい流派に所属し、アレン選手同様ここまで全戦全勝という素晴らしい戦績を残しております！」

紹介を受けた一人の剣士が、ゆっくりと舞台へ上がった。

スヴェン＝ロズリック。

両サイドの長い黒髪。三つぐらい年上と見紛うような、穏やかな顔立ち。身長はほとんど俺と同じ、百七十センチぐらいだ。白の生地に黄色のラインが入った、まるで貴族服のような占星学院の制服に身を包んでいる。

舞台へ上がった彼はジッとこちらを見つめ、スッと右手を差し出してきた。

「――スヴェン＝ロズリックだ。よろしく頼む」

「こちらこそ、よろしくお願いします。スヴェンさん」

彼の右手をしっかり握り、試合前の握手を交わす。

（スヴェンさん、真っ直ぐないい目をしているな。それにとても礼儀正しい人だ）

これは気持ちのいい勝負ができそうだな。

そんなことを考えていると、

「君は、中々つらい学院生活を送ってきたんだね……っ」

彼は俺の右手を握り締めたまま、よくわからないことを呟いた。

「……え？」

「あぁ、すまない。『魂装の副産物』とでも言えばいいのかな？　私は相手の手を握れば、その人がどんな人生を送ってきたのかを追体験することができるんだ」

「そ、そんなことが……!?」

「あぁ。例えば『グラン剣術学院』、ここは本当に碌でもないところだね……。こんな酷い環境で、よくここまで腐らずに育っ、た……!?」

そこまで口にしたスヴェンさんは、突如顔を真っ青にして――繋いだ右手を振り払った。

「はぁ、はぁ……っ!?」

彼は過呼吸になりながら、額に大粒の汗を浮かび上がらせる。

（もしかして……『時の世界』での記憶を追体験してしまったのだろうか？）

もしそうなら、それは少し申し訳ないことをしてしまった。

彼がいったい『何億年分』の経験をしたのかわからないけど……この反応を見る限り、

とてつもなく苦しい思いをしたのだろう。

（……申し訳ないな）

能力を聞かされた時、一言断っておくべきだった。

「スヴェンさん、大丈夫ですか……？」

そうして俺が一歩近寄ると、

「ひ、ひぃ……っ!?　く、来るな……『化物』め……っ！」

顔面蒼白となった彼は、大慌てで舞台から飛び降り――そのまま控室へ走り去ってしまった。

「え、えぇー……」

一人取り残された俺は、どうしたものかと周囲を見回す。

「い、いったい何があったというのでしょうか!?　アレン選手と握手を交わしたスヴェン選手が、突如逃げてしまいました！　え、えーっと……この件につきましては、剣王祭実行委員会の判断を待ちたいと思いますので、しばらくお待ちくださいませ！」

実況解説はそう言って、一度席を外した。

「……」

広い石舞台に一人残された俺に、数万人の視線が突き刺さる。

「絶対おかしい……。やっぱりあのアレン＝ロードルって剣士には、何か『裏』があるぜ」

「……だな。スヴェンのあの怯えよう。なんらかの『脅迫』を受けたと見て間違いねぇ」

「いいや、もしかするとスヴェンのアレは『演技』かもしれねぇぜ？」

「ど、どういうことだ……？」

「簡単な話さ。アレン＝ロードルに『取引』を持ち掛けられたのよ。『多額の金を支払う代わりに勝ちを譲れ』、とな」

「な、なるほど……！」

ここからでは観客のみんなが、何を話しているのかよく聞こえないけど……なんとなく俺の悪評が広まっているような気がした。

(はぁ、どうして俺ばっかりこんな目に……)

せっかく気持ちのいい勝負ができると思っていたのに……。

そうして大きくため息をついていると、

「──大変お待たせ致しました！　えー……審議の結果、先の先鋒戦につきましてはアレン＝ロードル選手の不戦勝という裁定が下りました！」

実況解説が剣王祭実行委員会の判断をアナウンスした。その瞬間、会場のざわめきは一層大きなものとなる。

おそらく観客のみんなは、この結果に納得がいってないのだろう。

「――さ、さぁ！　予想外のハプニングはありましたが……気を取り直して、次鋒戦へ参りましょう！」

会場のざわめきを吹き飛ばすぐらい元気な声で、実況解説は予選を進めたのだった。

■

その後、占星学院との試合は熾烈を極めた。

次鋒戦は、激闘の末にリリム先輩が惜しくも敗北。

一勝一敗と勝負が振り出しに戻ったところで、迎えた中堅戦。ティリス先輩が強敵を相手になんとか辛勝をもぎ取った。

そして残された副将戦は、会長が危なげなくしっかりと勝ち星を拾う。

その結果、

「――Ａグループの激闘を制したのは、五学院が一つ千刃学院に決定しました！　みなさま、大きな拍手をお願いします！」

俺たちはＡグループ予選を一位で突破し、見事『剣王祭本戦』へ駒を進めたのだった。

■

剣王祭の予選突破が決まった後、会長や千刃学院のみんなと勝利の喜びを分かち合った俺は、リアと一緒に寮へ帰った。

「ふぅー、ちょっと疲れたな……」

玄関口で靴を脱ぎ、体を大きく伸ばす。

「ふふっ、おつかれさま。今日は大活躍だったね！」

「ありがとう。それもリアの応援があったからだよ」

いつもより深くソファに腰掛け、ホッと一息をついた。

（本当に濃密な一日だったな……）

俺の苦手な遠距離攻撃型の魂装使いに当たらなかったため、なんとか勝てたけど……。各校を代表する才能豊かな剣士たちとの連戦。かなりの疲労が、体の奥底に蓄積している。

（ちょっとだけ、このまま休憩しよう……）

少しの間だけ、ソファの上で目をつぶることにした。

「――ね……、アレ……。――ねぇアレン、起きて」

「……ん、ぁ。り、リア……？」

気付けば、リアが俺の肩をゆさゆさと揺さぶっていた。

「もう、こんなところで寝(ね)てると風邪(かぜ)ひいちゃうよ？」

「あぁ、悪い」

気付かない内に、ソファの上で眠(ねむ)ってしまっていたらしい。

「んー……っ」

強い眠気を飛ばすため、立ち上がって大きく体を伸ばす。

「お風呂(ふろ)沸(わ)いているけど、どうする？　先にごはんの方がいいかな？」

彼女はそう言って、コテンと小首を傾(かし)げた。

どうやら俺が眠っている間に、いろいろと気を利(き)かせてくれたみたいだ。

「ありがとう。せっかくだし、お風呂からいただくよ」

「わかった。……あっ、一応言っておくけれど、お風呂で寝たら駄目(だめ)だからね？」

「あはは、わかってるって」

それから俺は気持ちのいいお風呂をいただき、リアお手製のラムザックを頬張(ほおば)り——夜の九時頃(ごろ)にはベッドに入った。

「ふわぁ……。おやすみ、リア……」

「うん。おやすみなさい、アレン」

いつものように隣(となり)に彼女の存在を感じながら、俺はゆっくりと眠りについたのだった。

■

迎えた翌日。

俺は会長たちと合流してから、『国立聖戦場（せいせんじょう）』へ足を運ぶ。

ここは国の指定した重要文化財であり、剣王祭や一部の祭事にのみ一般（いっぱん）開放される特別な場所だ。

歴史を感じさせる石造りの建物は、ヴェステリアの大闘技場（とうぎ）を風化させたような威厳（いげん）と貫禄（かんろく）を放っている。

「――えー、これにて開会の挨拶（あいさつ）を締めさせていただきます。ご清聴（せいちょう）、ありがとうございました」

剣王祭実行委員による長い挨拶が終わり、満員御礼（おんれい）となった観客席からパチパチパチとまばらな拍手が送られた。

そこから先は、昨日同様に実況解説の女性が進行を担当する。

「――さぁ本日は、剣王祭が本戦！　剣術学院の頂点を決める壮絶（そうぜつ）な戦いが、今始まろうとしております！」

その瞬間――凄（すさ）まじい歓声（かんせい）と拍手、指笛に声援（せいえん）が一気に巻き起こった。

（……っ!?）

俺はこのとき初めて、『音の圧』というものを感じた。

皮膚がびりびりと震えるような、なんとも言えない不思議な感覚だ。

「それでは早速、対戦カードを決める『抽選』へ移りましょう！」

観客席の最前列でマイクを握る実況解説は、大きめの箱を二つ取り出した。

それぞれの表面には、数字の『一』と『二』が大きく書かれている。

「抽選方法は単純明快！　『一の箱』と『二の箱』には、それぞれ一位突破・二位突破した学院名の記された『ボール』が入っております！　今から私がこの箱の中からボールを一つずつ取り出し、そこに記された学院同士が対戦するというものです！」

抽選の仕組みを説明した彼女は、右袖をまくり上げ『一の箱』に手を入れた。

「さぁ、記念すべき第一試合は——いきなり出ました！　五学院が一つ、千刃学院です！」

実況解説が天高く掲げたボールには、『千刃学院』と記されてあった。

「……一番手、か」

「早速来たわね。頑張りましょう！」

「よっしゃ、いっちょかましてやるか！」

「うわぁ、できれば三番目とか真ん中あたりがよかったんですけど……」

抽選結果を受けた俺たちは、思い思いの感想を呟く。

すると、実況解説はそのままの勢いで『二の箱』に手を入れた。

「さぁ、続いて『二の箱』からは――こちら！　六花学院でございます……が！　六花学院は予選での消耗が激しく、今朝方『本戦を辞退する』との連絡があったため、千刃学院の不戦勝となります！　これは千刃学院、今日はついていますね！」

「き、棄権……？」

思わずそう呟くと、会長が横からそっと説明を加えてくれた。

「予選グループで、全てを出し尽くしたんでしょうね。『本戦』では、毎年一校か二校はこうなっているわ」

「なるほど、そういうこともあるんですね」

一戦一戦が死力を振り絞った激闘であるため、一日で疲労を回復し切れなかったらしい。

「さぁそれでは気を取り直して、第二試合の抽選を開始致します！」

実況解説は、再び『一の箱』へ手を入れた。

「ちなみに『本戦を辞退する』という連絡があったのは、現在六花学院のみ。もうこれ以降、不戦勝はありません。さてお次の学院は――出ました！　これまた五学院が一つ、氷王学院です！」

氷王学院。シドーさんやカインさんが所属し、フェリスさんが理事長を務める超有名剣術学院だ。

「それに対するは、創立三年目にして早くも剣王祭本戦へ駒を進めた新進気鋭のダークホース、幻影学院でございます！」

幻影学院。これもまた、聞いたことのない学院だ。

「さぁそれではこれより、『先鋒戦』を開始致します！　氷王学院と幻影学院のみなさまは、ご準備を！　それ以外のみなさまは、『特別観覧席』への移動をお願いします！」

俺たちは実況解説の指示に従い、移動を開始する。

本戦に出場した十六校には、特別観覧席として観客席の最前列が割り当てられていた。

「それでは試合開始の前に選手紹介へ移りましょう。氷王学院が先鋒は――シドー＝ユークリウス選手！　物心つく頃には、既に魂装を発現していたという超天才剣士！　昨日の予選では、他を寄せ付けない圧倒的な実力で全戦全勝。ここまで素晴らしい戦績を残しております！　しかし、素行の面ではかなりの問題があるようでして……。今年の大五聖祭では暴行事件を起こしてしまい、一か月の停学を食らった経歴があります」

紹介を受けたシドーさんは、ゆっくりと石舞台へ上がっていく。

（大五聖祭、か……）

ほんの四か月前の出来事なのに、ずいぶん昔のことのように思えた。

「そしてそして、幻影学院が先鋒はザリ＝ドラール選手！　こちらはなんと、手元にデータがございません！　ただ――昨日行われたDグループ予選の結果は、シドー選手と同じく全戦全勝。本戦の舞台にふさわしい、優れた剣士であることは間違いありません！」

幻影学院の制服らしき、紺色のローブに身を包んだザリさんが舞台に上がった。

両者の視線が交錯し、緊迫した空気がこちらにも伝わってくる。

「両者、準備はよろしいでしょうか!?　それでは先鋒戦――はじめ！」

実況解説が試合開始を告げた瞬間、

「引きずり込め――〈酸の沼〉ッ！」

ザリさんはすぐさま魂装を展開し、正眼の構えを取った。

油断なく戦闘態勢を整えた彼に対し、シドーさんは相も変わらずといった様子だ。

（あ、あはは……。本当にあの人は変わらないな……）

彼は右手でだらしなく剣をぶら下げたまま、ただただ棒立ちを決め込んでいた。

「行くぞ、シドー＝ユークリウス……ッ！」

「あー……。誰だか知らねぇが、さっさと来い。スパッと終わらせてやっからよぉ……」

「ふっ、その大きな態度がいつまで続くだろうな！　はぁあああああああ！」

ザリさんの咆哮が会場に響き渡り、氷王学院と幻影学院の先鋒戦が幕を開けた。

その戦いは、ひどく一方的な結末を迎えた。

「おぃおぃ、もぅ終わりかぁ？　これじゃ、準備運動にもなりゃしねぇぞ……ぇぇ？」

「くっ……。化物、め……っ」

シドーさんは魂装すら展開せず、その圧倒的な身体能力のみでザリさんを蹂躙した。

「つ、強い……っ」

以前戦ったときとは比べ物にならない。

腕力・脚力・反応速度、剣術のベースとなる身体能力が『異常』なほどに向上している。

その圧倒的な蹂躙劇に、会場はおろか実況解説までもが息を呑んだ。

「――はっ!?　し、失礼致しました。勝者、シドー＝ユークリウス選手！　いやしかし、とにかく凄まじい試合でした……。シドー選手の超人的な身体能力はまさに圧巻の一言！　ザリ選手も素晴らしい剣術を披露したのですが、今一歩及ばずと言ったところでしょうか」

実況解説はそう短く試合を語った。

「さぁそれでは、次鋒戦へ参りましょう！」

■

それから再び両学院の選手を紹介し、次鋒戦が始まった。

その後、大方の予想に反して――氷王学院は幻影学院に敗れた。

「な、ななな、なんということでしょうか……⁉　あの五学院が一つ、氷王学院がベスト16で敗れました！」

実況解説の叫(さけ)びと同時に、会場のあちこちで大きなざわめきが起こった。

この予想外の結果に誰も彼もが驚(おどろ)いているのだ。

（まさか氷王学院が負けるなんて……）

先鋒戦ではシドーさんが圧倒的な勝利を収めたものの、続く次鋒戦・中堅(ちゅうけん)戦・副将戦と幻影学院が見事な勝利を飾(かざ)ったのだ。

「ははっ、まともな剣士はシドーだけかぁ⁉　なっさけねぇなぁ、氷王学院！　二年と三年は足手まといしかいねぇ！　なぁ、おいシドー――氷王学院なんてイモくせぇ学院なんざやめて、幻影学院(うち)へ来いよ！」

つい今しがた『副将戦』に勝利した幻影学院の剣士、ラーム＝ライオットが氷王学院を嘲笑(あざわら)った。

（こ、これはまずいぞ……っ）

氷王学院との夏合宿で、一つわかったことがある。

（シドーさんはああ見えて、とても仲間意識の強い人だ）

粗暴だが根のやさしい彼が、仲間を侮辱されて黙っているわけがない。

すると――俺の嫌な予感は見事に的中した。

「おい、こらてめぇ……今なんつった？」

明らかに機嫌を損ねたシドーさんは、ラームさんの元へ詰め寄っていく。

「や、やめろ……っ！　乗るな、シドー！」

氷王学院の上級生たちが必死になって止めようとした。

しかし、そこへ油を注ぐようにラームさんは挑発を重ねる。

「ははっ、何度だって言ってやらぁ！　氷王学院は『無能の掃きだめ』だってな！」

「おぉ、そうかそうか……。そんなに死にてぇのなら、お望み通り……ぶち殺してやるよ。食い散らせ――〈孤高の氷狼〉ッ！」

その瞬間、極寒の冷気が会場中に吹き荒れる。

「はっ、おもしれぇ！　一年坊主が三年の俺とやり合おうってのか!?　尻の青いクソガキが、年季の違いってやつを教えてやるよ！　穿て――〈魔蛇の猛毒〉ッ！」

こうして誰も予期せぬ場外乱闘が始まってしまったのだった。

■

『冷気』を操るシドーさんと『毒』を操るラームさん。二人の戦いは熾烈を極めた。

「――氷結槍ッ！」

シドーさんが雨のような氷の槍を降らせば、

「はっ、甘えよ！　――魔蛇の蜷局ッ！」

ラームさんは毒で作られた紫色の盾で難なく防ぐ。

「今度はこっちから行くぞ。魔蛇の波ッ！」

彼が勢いよく剣を振るえば――毒で作られた百を超える蛇が一斉にシドーさんを襲う。

「しょっぱい技だなぁ、ええ？　――天氷柱ッ！」

天まで届かんとする巨大な氷柱が舞台から生え、押し寄せる蛇を一掃した。

（す、凄い……っ）

まさに一進一退の攻防、戦況は完全に五分五分だ。

それから一分二分と経過したところで、互いの趨勢は徐々にはっきりとしていった。

「どぉしたどぉした？　そんなもんかぁ、幻影学院の副将様はよぉ!?」

「くそ、一年坊主が……っ」

『準備運動』を終えたシドーさんの動きは、みるみるうちに冴え渡っていく。

それに対して、ラームさんの動きは明らかに鈍っていった。

見れば彼の手足は薄い紫色へ変色しており、『低体温症』の兆候が見られた。

（以前よりも遥かに早い……っ）

まだ二人が戦い始めてから、ほんの数分しか経っていない。

おそらく〈孤高の氷狼〉が発する冷気が、とてつもなく強化されているのだろう。

（まさか、ここまでとはな……）

ラームさんは、決して未熟な剣士じゃない。

研ぎ澄まされた剣術に優れた身体能力、それに加えて応用の利く強力な魂装。

（対戦校を侮辱するなど、いろいろと性格面に問題はありそうだが……）

実力だけで言うならば、剣王祭本戦の場にふさわしい一流の剣士だ。

しかし、シドーさんはそれを大きく上回る『超一流の剣士』だった。

天賦の才である圧倒的な身体能力、そこへ完璧に嚙み合わさった強力無比な魂装――〈孤高の氷狼〉。

（やっぱり彼は、とてつもなく強い……）

その後、試合の天秤は大きくシドーさんの方へ傾き――ついに彼の放った氷結槍が、ラームさんの右足を鋭く射貫いた。

「ぐ、が……っ!?」

彼は右足を抱え込み、その場でうずくまってしまった。

（これで機動力が大きく削がれた。勝負あり、だな……）

誰の目にも明らかな決着がついたところで、シドーさんは凶悪な笑みを浮かべる。

その瞬間、

「馬鹿め、油断したな！　魔蛇の大噛みッ！」

突如跳ね起きたラームさんは、大量の毒で練り上げられた超巨大な蛇を放った。しかし、

「――永劫の時を閉ざせ、氷瀑壁」

何億層もの薄氷がその行く手を阻んだ。

「嘘、だろ……っ!?」

超至近距離から完璧なタイミングで放たれた毒蛇の一撃は、冷たい氷の壁を前に崩れ去った。

「おぃおぃ……。最後の一撃が不意打ちったぁ、みっともねぇなぁ？　えぇ？」

シドーさんが指を鳴らした次の瞬間――氷瀑壁は無数の氷塊へ変わり、ラームさんへ一斉掃射された。

「あ、が……っ」

吹雪のような氷塊に打たれた彼は、石舞台の上を転がった。

（相変わらず、情け容赦の欠片もないな……）

重度の凍傷・射貫かれた右足・全身打撲、どこからどう見ても入院コースの重傷だ。

「な、ななな、なんということでしょうか!? 期せずして発生した場外乱闘！『先鋒』対『副将』の結果は、氷王学院シドー＝ユークリウス選手の勝利です！」

実況解説がそう叫けば、

「シドーって一年、こいつはかなりやれるぞ！」

「まさか先鋒が副将に勝つとはなぁ……」

「氷王学院、来年の剣王祭にはかなり期待が持てそうだ！」

予想外の『好ゲーム』に、観客たちも興奮を隠せないようだった。

戦いは終わった。

誰も彼もがそう思っている中、俺は強い焦りを感じていた。

（ま、まだ、まだ終わっていない……っ）

一度火の着いたシドーさんは、この程度じゃ止まらない。

すると俺の予想通り――彼は動けなくなったラームさんの元へ歩み寄って、〈孤高の氷狼〉を構えた。

（あれは氷狼の一裂か……!?）

冷気を一気に噴出し、爆発的な加速を得た必殺の突き。

指一本も動かせないラームさんがあんな一撃を受けたら、文字通りバラバラになってしまうだろう。

「なっ、シドー選手⁉　これ以上はいけません！　大会の規定に反しますよ⁉」

実況解説が早口で警告を発したが……もう遅い。

「――氷狼の一裂ッ！」

凄まじい冷気が吹き荒れ、絶大な威力を誇る突きが放たれた。

「駄目だ、シドーさん！」

俺が大声で叫んだその瞬間、

「「「「――四門重力方陣ッ！」」」」

身の丈ほどもある透明な緑色の板が、四方からシドーさんを押さえ付けた。

「んだよ、これ……ッ⁉」

四方から圧迫されて身動きの取れなくなった彼は、眉間に青筋を浮かべながら大きな舌打ちをした。

（い、いったい誰が……⁉）

声のした方へ視線を向けるとそこには、四人の上級聖騎士の姿があった。

彼らは魂装と思われる緑色の長剣を掲げながら、ゆっくりと舞台へ上がっていく。

（上級聖騎士か。よかった……）

こういった不測の事態に備えて、配備されていたのだろう。

「ふう、ギリギリだったな」

「噂には聞いていたが、まさに狂犬だな……」

「シドー＝ユークリウス、今の一撃は明らかに剣王祭の規定に反しているぞ」

「悪いが、聖騎士協会まで連行させてもらおうか」

手錠を持った上級聖騎士が、シドーさんに近寄ったそのとき――彼を押さえ付ける四枚の板がピキパキと凍り付いていった。

「――気ん持ち悪いもん、なすり付けてんじゃねぇぞッ！」

シドーさんの怒号と同時、緑の板は粉々に砕けた。

「ば、馬鹿な⁉」

「高重力による四重拘束だぞ⁉」

予想外の事態に目を白黒させる上級聖騎士たちへ、〈孤高の氷狼〉が突き付けられる。

「てめぇら、俺様の邪魔するってんなら……殺すぞ？」

「「「……っ」」」

一睨みで上級聖騎士を竦み上がらせたシドーさんは、眼下に倒れ伏すラームさんへ視線を向けた。

「おら、てめぇはさっさと死んどけ……」

彼がなんの躊躇いもなく、剣を振り上げたそのとき、

「――やめや、シドー」

北訛りの女性の声が響き、シドーさんの手がピタリと止まる。

「お、お嬢……っ」

いつの間にか舞台上には、氷王学院の理事長フェリス＝ドーラハインの姿があった。

「はぁ……。あんたは相変わらず、加減を知らん子やなぁ……。それ以上やったら、その子ほんまに死んでまうで？」

「だ、だけどよぉ、このドカスは俺たちのことを馬鹿にしやがったんだぞ……!?」

「……うちの言うこと、聞いてくれへんの？」

もの悲しそうな表情でフェリスさんがそう呟くと、

「……ちっ、わかったよ」

彼はなんと矛を収め、〈孤高の氷狼〉を消した。

「か、確保……っ！」

シドーさんの殺意が消えたところで、十人を超える上級聖騎士が一斉に捕縛へ動いた。

「痛えな……ッ。もっと丁重に扱いやがれ……！」

彼は全く物怖じすることなく、『相変わらずの態度』で連行されていった。

会場中がシンと静まり返る中、

「上級聖騎士四人の魂装を力業で突破するなんて、本当に末恐ろしい子ね……」

会長がポツリとそう呟いた。

「確かに、夏合宿のときよりもかなり育ってたなー。実力的にはこのリリム＝ツオリーネに『及ばずとも遠からず』ってところか？」

「いや、リリムじゃ勝てないと思うんですけど……」

「な、なにをー!?」

先輩たちがそんな話を交わす中、俺には一つ心配事があった。

「シドーさん、大丈夫でしょうか……」

彼が問題を起こすのは、大五聖祭に続いてこれが二度目だ。

（確か前回は、俺と同じ停学一か月だという話だったけど……）

もしかすると今回は、さらに重い処分が下されるかもしれない。

「当然、なんらかの処分はあるでしょうけど……。まず間違いなく、退学にはならないでしょうね」

会長ははっきりとそう断言した。

「なんと言っても彼の後ろには——いえ『フェリスさんの後ろ』には、あのリゼ＝ドーラハインさんがいるもの。誰も好き好んで、『血狐』に手を出そうとはしないわ。おそらく、前回同様に少しの停学で済むでしょうね」

「そうですか、それはよかった……」

ひとまず俺がホッと胸を撫で下ろしていると、

「よ、予想外の乱闘がありましたが……。気を取り直して、第三回戦の抽選を行いたいと思います！」

会場のざわめきを吹き飛ばすような大声で、実況解説が剣王祭本戦を再開させた。

■

その後、他の五学院は順当に勝ち上がり、いよいよベスト8が出揃った。

剣王祭本戦ベスト8。その一回戦の一番手は、またしても千刃学院だった。

「ふー……っ」

ついに来た。

ベスト16では六花学院が棄権したため、これが千刃学院の本戦初試合となる。

（これまで積み重ねてきた修業の全て、今ここでぶつけるんだ……！）

俺がグッと拳を握り締めていると、

「ふふっ、ちょっと緊張するわね……！」

「さぁ、敵はどこだ！　かかってこーい！」

「できれば、五学院は避けたいところなんですけど……」

さすがの会長たちも落ち着かない様子でソワソワとしていた。

「さぁ千刃学院と雌雄を決するのは、どこの剣術学院でしょうか!?」

実況解説はそう言って、表面に『剣王祭』と記された大きな箱に右手を入れる。

ベスト8からは一位突破も二位突破も関係なし、対戦相手は完全にランダム抽選によって決まるのだ。

「これは……出ました！　五学院が一つ、『白百合女学院』でございます！」

（……きたっ！　氷王学院以来の『五学院』との戦いだ……！）

俺が心の中で闘志を燃え上がらせていると、

「お、終わった……」

「こ、これはちょっとキツイかもな……っ」

「いや、どう考えても『詰み』なんですけど……」

どういうわけか、会長たちはがっくりと肩を落としていた。

いつもポジティブなリリム先輩ですら、引きつった笑みを浮かべている。

「そ、そんなに強いところなんですか……？」

俺がそう問い掛けると、会長は力なく頷いた。

「ええ、強いなんてものじゃないわ。白百合女学院は、直近の剣王祭で五大会連続『準優勝』。押しも押されぬ超強豪校よ……」

「しかも今年は、『神童』と呼ばれる最強の一年生イドラ＝ルクスマリアが加入したし……。アレンくん、死なないようにな……！」

「せめて殺されないようにだけ、頑張ってほしいんですけど……」

リリム先輩とティリス先輩は、割と真剣にこちらの身を案じていた。

（そ、そこまでの相手なのか……っ）

俺が驚愕に目を見開いていると、恒例の選手紹介が始まった。

「千刃学院が先鋒は――アレン＝ロードル選手！　流派・魂装ともにありませんが、特筆すべきはその圧倒的な身体能力と研ぎ澄まされた剣術！　Ａグループの予選では無傷で全勝を飾った、今大会のダークホース的存在です！」

紹介を受けた俺が、ひとまず舞台へ上がると、

「アレーン、頑張ってー！」

「気負うな！　私たちがついているぞ！」

「一年生の代表なんだ、負けんじゃねぇぞ！」

リア・ローズ・テッサの心強い声援が、観客席の方から送られてきた。

「そしてそして白百合女学院が先鋒は、みなさんご存知――『神童』イドラ＝ルクスマリア選手！　この剣士については、今更詳しく語る必要はありませんね！　私たちは静かに『一年生最強』と名高い彼女の絶技をこの目に焼き付けましょう！」

壮麗な女剣士が舞台へ上がったその瞬間、凄まじい歓声が巻き起こる。

「きたきたきたー！　俺はこいつを見に来たんだぜ！」

「きゃぁー、イドラ様ー！　こっち向いてくださーい！」

イドラ＝ルクスマリア。

ハーフアップにされた、長く美しい真っ白な髪。身長は百六十センチ半ばほど、十五歳の女性にしては高身長と言えるだろう。透き通るような琥珀の瞳。雪のように白い肌。すらっとした長い手足――どこに出しても恥ずかしくない、絶世の美女だ。白百合女学院の緑と白を基調としたワンピース型の制服に身を包んだ彼女は、『品格』のようなものを漂わせていた。

（それにしても凄い人気だな……）

男女を問わずして、割れんばかりの歓声と声援がイドラさんに送られている。

舞台へ上がった彼女は、特に何かを言うこともなく、ただジッと俺の目を見つめていた。

「両者、準備はよろしいでしょうか⁉　それでは先鋒戦――はじめ！」

実況解説の声が会場中に響く。

同時に俺は剣を抜き放ち、正眼の構えを取った。

（相手は神童・一年生最強とも称されるイドラ＝ルクスマリア……！）

これまで剣を交えた中でも、最強クラスの剣士だろう。

（相手にとって不足はない。とにかく、持てる限りの全てを出し尽くそう……！）

こうして俺とイドラさんの戦いの火蓋が、切られたのだった。

■

イドラさんは右手に長い剣を持ち、重心がやや右に寄った――少し独特な構えを見せた。

（片手持ちか、珍しいな……）

攻守両方の観点から、剣は両手で持った方がいい。

しっかりと重心を落とし、相手を視界の中心に入れた遠山の目付を心掛け、剣は包み込むように優しく両手で握る――これが現代剣術の定説だ。

彼女の構えは、そこから大きく逸脱している。

（しかし、油断は全くできない）

相手は超が付くほどの一流剣士。きっとあの独特な構えにも、何か意味があるはずだ。

そうして正眼の構えを堅持したまま、イドラさんの様子を窺っていると、

「……あっ」

彼女は突然間の抜けた声を出し、剣を鞘に収めた。

そして――いったい何を考えているのか、剣も持たずにこちらへ歩み寄ってきた。

「……ん」

そのまま俺の正面に立ったイドラさんは、スッと右手を差し出してくる。

「……なんでしょうか？」

俺が首を傾げていると、

「握手。……知らない？　お互いの手を握り合う挨拶」

「も、もちろん知っていますけど……」

まさか試合の始まったこのタイミングで、求められるとは思わなかった。

「よ、よろしくお願いします」

イドラさんの小さな手を優しく握り、とりあえずの握手を交わす。

「うん、よろしく」

その後、彼女は無防備にもこちらに背を向けて元の立ち位置へ戻った。

（なんか、ちょっと変わった人だな……）

独特というか、自分の時間を生きているというか。

（確かこういう人を『天然』と言うんだっけか……？）

俺がそんなことを考えていると、

「――さぁ、やろう」

イドラさんは引き抜いた剣を右手で持ち、再び重心が右に寄った独特な構えを取った。

「それでは、行きますよ……？」

先手必勝。格上の剣士を相手に『待ちの剣』は危険だ。

（攻めて攻めて、ひたすら攻めて……勢いのままに押し切る！）

俺はしっかりと地面を蹴り、足で彼女との間合いをゼロにした。

「……速い!?」

彼女が一瞬硬直した隙を見逃さず、

「――ハァッ！」

守りの手薄な左半身を狙った袈裟斬りを放つ。

（よし、もらった……！）

有効打を確信したその瞬間、剣と剣がぶつかり合う硬質な音が響いた。

「なっ⁉」

「――甘いよ」

俺の放った一撃は――逆手で抜かれた二本目の剣で防がれた。

「に、二刀流……⁉」

「ハァッ！」

イドラさんは反撃とばかりに右の剣を振り抜いた。

「……っ」

俺はその一撃をかなりの余裕を持って躱し、大きく後ろへ跳び下がる。

「……君、速いね。まさか始まってすぐ二本目を抜かされるなんて……完全に想定外」

彼女はそう言って、右足を半歩前へ左足を半歩後ろへ引いた。右手はやや高い位置を保ち、左手はグッと後ろへ引き絞った独特な構え。

（右手で『斬撃』、左手で『突き』……。なるほど、かなり攻撃的な構えだな……）

それにしても二刀流か。

聞いたことはあるけれど、相手にするのはこれが初めてだ。

『剣』の差は一対二。手数で負けるのは必然。

（やっぱりここは定石通り、『力』でゴリ押すべきか……）

俺がそうして今後の試合運びを考えていると、

「……っ⁉」

いつの間にか、目と鼻の先にイドラさんの姿があった。

「雷鳴流──万雷ッ！」

二本の剣が雷の如き速度で振るわれ、十の斬撃が牙を剝く。

「く、八の太刀──八咫烏ッ！」

八つの斬撃で相殺を試みたが、撃ち漏らした一撃が左頰をかすった。

「く……っ」

それと同時に八咫烏の一つが、彼女の右頰に太刀傷をつける。

「きゃ……っ」

俺たちは鏡合わせのようにして、頰を斬り合った。完全な痛み分けだ。

(手数では圧倒的に向こうが上だが、力では『両手持ち』が勝るぞ……っ)

今の一幕がまさにそうだ。

数こそ二発ほど負けていたものの、俺の放った八咫烏は彼女の斬撃を食い破った。

「凄い力……。君、本当に人間……？」

イドラさんは頰をサッと撫で、目を白黒とさせながらそう呟いた。

「もちろん人間ですよ。そう言うイドラさんこそ、人間離れした剣速ですね……」

「ふふっ、ありがと」

彼女は嬉しそうに微笑み、再び独特な構えを取った。

それに応じて、俺もしっかりと正眼の構えを取る。

「それでは、今度はこちらから行きますよ……！」

「……来て！」

その後は、激しい剣戟の応酬が繰り返された。

「——はぁあああああああ！」

俺は一気に距離を詰め、息もつかせぬ連撃を放つ。

袈裟切り・幹竹・切り上げ・切り下ろし・突き——数多の斬撃を、イドラさんは必死に捌いていく。

だが、二人の間には両手持ち・片手持ちを別にしても大きな『筋力差』があった。

一撃一撃を防ぐたびに彼女の構えは徐々に乱れていく。

「——そこだ！」

「く、ぅ……っ」

狙いすました一撃がイドラさんの脇腹を切り裂く。

苦痛に顔を歪めた彼女は、こちらの剣の戻りに合わせて大きく一歩踏み込んできた。

「雷鳴流――迅雷ッ！」

さっきのお返しとばかりに、目にも留まらぬ連撃が繰り出される。

（上、下、上、下、左、右――真ん中……！）

俺はカッと目を見開き、怒濤の七連撃を完全に捌き切った。

「う、そ……っ⁉」

まさか全て防がれるとは思っていなかったのだろう。イドラさんは、ほんのわずかな動揺を見せた。

（勝機……ッ！）

俺はその隙を逃さず、攻勢に打って出る。

「桜華一刀流奥義――鏡桜斬ッ！」

「く……っ」

迫りくる八つの斬撃を目にした彼女は迎撃を諦め、大きく後ろへ跳び下がった。

その行動を予測していた俺は、

「一の太刀――飛影ッ！」

着地の隙を狙い澄まし、飛ぶ斬撃を差し込んだ。

「こ、の……！」

イドラさんは不安定な体勢のまま、迫り来る斬撃をなんとか切り払う。

だが、本当の狙いはここからだ。

「五の太刀――」

「なっ、いつの間に……!?」

飛影の陰に身を潜め、一気に間合いをゼロにした俺は渾身の一撃をぶつける。

「断界ッ！」

「これ、は……っ!?」

一瞬防御態勢を見せたイドラさんだったが、本能的に『防げない』と判断したのだろう。

咄嗟に右横へ跳び、かろうじて断界を回避した。

しかし、そこには――仕込みがある。

「二の太刀――朧月」

「なっ、きゃぁ……っ!?」

剣戟の最中に仕込んでおいた二発の斬撃が、彼女の左肩と脇腹をかすめた。

イドラさんの白い肌に鮮血がタラリと流れる。

（……いい反応だな）

朧月が皮膚をとらえた瞬間、彼女は反射的に体をよじった。そのおかげもあって、傷は浅い。戦闘続行には、大きく差し支えないだろう。

「はぁはぁ……っ」

「……」

いくつもの裂傷を負ったイドラさん。依然としてほぼ無傷の俺。

今のところ、戦況はこちらに傾いていると言えるだろう。

そして試合が一時膠着状態になったところで、

「な、ななな、なんということでしょうか⁉　全く無名のアレン＝ロードル選手が、あの『神童』イドラ＝ルクスマリア選手を完全に圧倒しております！　恐るべし、アレン選手！　まさかここまでの実力者だとは、いったい誰が予想したでしょうか⁉」

実況解説が会場を盛り上げようと、大声を張り上げた。

しかし、観客はシンと静まり返り、固唾を飲んで俺とイドラさんの戦いを注視している。

「君――ううん、アレンは強いね。まさか剣術で負けるなんて、思いもしなかった……」

イドラさんは悔しそうにそう呟くと二本の剣を鞘に収めた。

その瞬間、俺は察した。

（ついに来るか……っ）

張り詰めた空気が漂い、彼女の威圧感が一回りも二回りも増していく。

「魂装なしの勝負なら……。君は同年代で一番かもしれない」

「……誉め言葉として受け取っておきます」

『魂装なしの勝負』——一流の剣士の戦いにおいては、あり得ない条件だ。

「アレンには、私の全てをぶつけたい……っ！」

彼女が強くそう宣言したその瞬間、

「満たせ——〈蒼穹の閃雷〉ッ！」

蒼い稲妻を思わせる二本の槍が、何もない空間から突如姿を現した。

いつも俺の前に立ちはだかる絶対的才能の壁——魂装。

（出たな、『魂装』……！）

ここからが本番、ここからが『神童』イドラ＝ルクスマリアの全力だ。

「いくよ、アレン……！」

「あぁ、来い……！」

こうして俺とイドラさんの『死闘』が、ついに幕を開けたのだった。

■

ついにイドラさんは、魂装〈蒼穹の閃雷〉を展開した。

（これまでの戦いは言わば前哨戦、ここからが正真正銘全力の戦いだ……っ）

気合を入れ直し、まばたきをした瞬間――彼女の姿が消えた。

「なっ⁉」

その直後、背後から冷たい声が響く。

「――こっち」

「……っ」

反射的にその場で深くしゃがみ込むと、横薙ぎの一閃が頭上を通過した。

しかし、

「――ちょっと痛いよ」

続けざまに繰り出された強烈な中段蹴り。

俺は振り返りながら両腕を交差し、その一撃を真っ正面からしっかりと防御した。

「ぐ……っ⁉」

そのか細い足から放たれたとは思えない、暴力的な衝撃が駆け抜ける。

（なん、て……威力だ……⁉）

大きく後ろへ吹き飛ばされながら、空中で一回転して勢いを殺す。

イドラさんは蹴りを放った長い右足をゆっくりと下ろし、二刀流――否、『二槍流』の

独特な構えを取った。

「……またさらに速くなりましたね」

「ありがと。でも、まだまだここからだよ……！」

彼女が大きく息を吐き出すと、

「飛雷身──二千万ボルト！」

その全身から青白い光がほとばしり、バチッバチッとはじけるような音が鳴り響く。

（これは……帯電しているのか……⁉）

強力な電気が体を駆け巡ることによって、イドラさんの細胞が活性化されていた。

おそらくこの力によって筋力や反応速度が大きく向上し、今のような人間離れした動きを実現しているようだ。

（電気を操る能力、か……。これは手強いぞ……っ）

そうして彼女の能力を分析していると、

「三千万ボルト──雷撃ッ！」

蒼い槍の穂先から荒れ狂う雷が一直線に放たれた。

「一の太刀──飛影ッ！」

俺の放った飛ぶ斬撃は、青白い雷の前にかき消された。

（くっ、やはり飛影での迎撃は難しいか……）

出力の差をまざまざと見せつけられた俺は、すぐさま左方向へ跳び退く。

そうしてなんとか雷撃を回避した俺の眼前には、イドラさんが立っていた。

「雷鳴流――迅雷ッ！」

息もつかせぬ怒濤の連撃が、嵐のように押し寄せてくる。

「ぐ、ぉ、ぉおおお……っ！」

刺突・斬撃・薙ぎ払い――最初の三連撃をなんとか防いだところで、

（くそ、駄目だ……ッ。速過ぎる……!?）

全ての連撃を防ぐことは不可能。

これまでの経験から素早くそう判断し、ある程度のダメージを覚悟して大きく後ろへ跳び下がった。

鋭く尖った蒼い槍が、脇腹と左足の肉を断ち切っていく。

「ぐ……っ」

焼けるような痛みをグッと飲み込んだ俺は、

「――はぁあああああっ！」

着地と同時に間合いを詰めるべく駆け出した。

(防御一辺倒じゃジリ貧だ……)

ひたすら攻め続けて、イドラさんに攻撃の主導権を渡さないよう立ち回る!

「八の太刀――八咫烏ッ!」

「雷鳴流――万雷ッ!」

両者の斬撃が交錯し、互いに消滅した。

「うぉおおおおおお……!」

「はぁああああああ……!」

剣と槍が火花を散らし、硬質な音が何度も何度も響く。

だが、

(……遠いッ)

イドラさんとの間合いが一向に詰まらない。

剣と槍――間合いの差はおよそ『二倍』。あまりにも遠く、あまりにも絶望的な距離。

こちらの剣が届く前に、彼女の槍は確実に俺の元へ到達してしまう。

(く、そ……っ)

一つまた一つと増えていく裂傷。

俺がたまらず後ろへ跳び下がり、一度距離を取ったそのとき、

「五千万ボルト――雷鳥ッ！」

巨大な雷が小さな鳥へと変化し、凄まじい勢いで放たれた。

その数は、軽く百を超える。

「くっ、八の太刀――八咫烏ッ！」

八つの斬撃を四方八方へ張り巡らせ、自らの身を守る結界とした。

しかし、

「が、はぁ……っ⁉」

百を超える軍勢に対し、その結界はあまりに頼りなかった。

ほぼ全ての雷撃を食らった俺は、その場で膝を突く。

(これ、は……マズい……っ)

こういうのを『電気ショック』というのだろう。

斬られるのとも、燃やされるのとも、爆破されるのとも違う。

思わず意識を手放しそうになるほどの『衝撃』が全身を襲った。

そうして俺が見せてしまった大きな隙。イドラさんはそれを見逃さなかった。

「七千万ボルト――白鯨ッ！」

彼女はここが勝負どころとばかりに、これまでで一番大きな雷撃を放った。

それはお腹のふくれた巨大な白鯨の姿を成し、大口を開けたままこちらへ向かってくる。

「ご、五の太刀――断界ッ！」

空間を断ち切る最強の一撃をもって、白鯨を断ち切ったその瞬間、

「――拡散」

「なっ⁉」

白鯨はその体に溜め込んだ膨大な雷を一気に解き放った。

視界一面が真っ白に染まり、かつてない衝撃が全身を走り抜ける。

「か、は……っ」

朦朧とする意識を必死に繋ぎ止め、崩れそうになる足に鞭を打ち――俺はなんとか二本の足で立った。

「はぁ……はぁ……っ」

空気が重い。どれだけ吸ってもしっかりと肺の中に収まってくれない。

そんな絶望的な状況の中、俺は正眼の構えを取った。

「ま、まだ、立てるの……？」

イドラさんの震える声が会場に響き渡る。

「今の一撃は一般人なら即死――丈夫な剣士でも一か月は寝込むよ……。アレン、君は本

当に人間なの……？」

「はぁはぁ……。さすがに……効きましたよ……っ」

これほどの一撃は、今まで経験したことがない。

体はもうボロボロ。気力を振り絞り、なんとか立っているだけの状態だ。

「……そっか。アレンの一番凄いところは、その化物じみた『精神力』かもしれないね……。でも――残念だけど、もう終わり」

彼女はそう言って、その蒼い槍をこちらへ突き付けた。

「魂装を発現していない君に、勝ち目はないよ。これ以上はつらいだけ……もう諦めて」

イドラさんは、淡々とした口調で降伏を勧めた。

「……確かに、俺はまだ魂装を発現していません。〈蒼穹の閃雷〉を自在に扱うイドラさんからすれば、半人前もいいところでしょう……」

俺はそう言いながら、意識を内へ内へ――魂の奥底へと深く沈み込ませていく。

「ですが、そんな俺にだってやれることはあります」

「……そんな体で、何ができるの？」

次の瞬間、視界からイドラさんの姿が消えた。

「――これで終わり」

背後から、彼女の声と風を切る音が聞こえた。

きっと勝負を決めにきたのだろう。

俺にはもうその一撃を避ける力はおろか、振り返る力さえ残されていない。

だが一つ、とっておきの『奥の手』があった。

(全力でこれを使えば、俺の剣王祭は間違いなくここで終わる……)

未熟なこの体じゃ、まだあの衝撃に耐え切れない。最低でも今日一日は、寝込むことになるだろう。

(……会長、リリム先輩、ティリス先輩。……後は、よろしくお願いします)

背後に迫る一撃に目もやらず、俺はありったけの霊力を魂の奥底へ注ぎ込んだ。

その瞬間、

「はぁあああああああ……っ!」

俺の全身から、かつてない規模の『闇』が溢れ出した。

「これは……なに……っ!?」

予想外の事態に目を剝いたイドラさんは、大きく後ろへ跳び下がる。

その間、漆黒の闇はまるで『鎧』のように俺の全身を包み込んでいく。すると不思議なことに、体の痛みがみるみるうちに和らいでいった。どうやらこの闇には、治癒能力も備わっているらしい。

「まさか、魂装……!?」

驚愕に目を見開いた彼女は、そう問い掛けたが——もうそこに俺の姿はない。

「——こっちです」

「……っ!?」

一瞬でイドラさんの背後を取った俺は、横薙ぎの一閃を放つ。

彼女は反射的にその場で深くしゃがみ込み、なんとかそれを回避した。

「——少し痛いですよ」

続けざまに闇を纏った中段蹴りを繰り出す。

イドラさんは振り向きながら両腕を交差し、その一撃を真っ正面から完璧に防御してみせた。

しかし、

「う、そ……っ!?」

彼女の防御は『闇の一撃』を前に脆くも崩れ去り、まるでボールのように吹き飛ばされた。

（そん、な……。防御が、防御の意味を為さない……!?）

あまりの衝撃に勢いを殺し切れず、イドラさんは会場の壁面に全身を強打する。

通常ならば意識を手放してもおかしくないダメージ。

それでも彼女は、ゆっくりと立ち上がった。

額から血を流し、肩で息をしているが、その戦意には些かの衰えも見られない。

「はぁはぁ……。その力は、いったいなんなの……っ⁉」

「闇は、そうですね……。『魂装の成り損ない』のようなものでしょうか……？」

闇は所詮、闇に過ぎない。いまだ『黒剣』には遥か遠く、修業の道は果てしない。

（だけど、確実に近付いていいる……！）

その成長の実感が、とてつもなく心地よかった。

「イドラさん、そろそろ決着を付けましょうか」

「あは。まさかここまでやるなんて……君は最高だね、アレン＝ロードル……ッ！」

正眼の構えを取る俺と二槍流の独特な構えを取るイドラさん。

互いの視線が交錯し、先に彼女が動き出す。

「飛雷身――五千万ボルトッ！」

イドラさんの身に纏う青白い電気が、一気に膨れ上がった。

見れば、彼女の体にあった傷がみるみるうちに治っていく。

細胞を急速に活性化したことで、自然治癒能力が増強されているようだ。

「本当に優れた魂装ですね……」

「ふふっ、まだまだこれから……！」

一瞬にして全快した彼女は、

「五千万ボルト――雷鳥ッ！」

大きく槍を振るい、百を超える雷の鳥を放った。

俺の苦手とする遠距離からの多段攻撃だが、

「――その技は、もう効きませんよ」

殺到する鳥の軍勢は、俺の闇に触れた瞬間に消滅する。

この闇はアイツの右ストレートすら防ぐ。

出力は完全にこちらが上だ。

「そんな⁉」

彼女が動揺したほんの僅かな隙を見逃さず、俺は一足で距離を詰めた。

「八の太刀――八咫烏ッ！」

「くっ、雷鳴流――万雷ッ！」

『八』と『十』、両者の斬撃がぶつかり合った結果、

「きゃぁ……っ!?」

イドラさんの肩と太ももに鋭い太刀傷が走った。俺の放った八つの斬撃が、彼女の万雷を押し切ったのだ。

痛みに目を細めた彼女は、態勢を立て直そうと後ろへ跳び下がる。

俺は休息の間を与えないよう、すぐさま距離を詰めた。

「──ハアッ！」

間髪を容れず、大上段からの切り下ろしを繰り出す。

「ぐ……っ」

彼女は二本の槍を交差し、なんとかその一撃を受け止めた。

互いの得物が火花を散らす鍔迫り合い。真っ正面からの力勝負。

「うぉおおおおおおッ！」

「はぁあああああああ……ッ！」

二人の雄叫びが轟き、

「──らぁっ！」

「そん、な……っ!?」

力負けしたイドラさんは、大きく後ろへ吹き飛ばされた。

彼女は空中で姿勢を整え、軽やかに舞台へ着地する。

「まさか五千万ボルトでも押し負けるなんて……。アレンのは、強化系の魂装なの……？」

イドラさんは下唇を噛み、悔しそうな表情でそう問い掛けてきた。

「あはは……。残念ながら、それはまだわかりません」

自分の魂装がいったいどんな力なのか。それは発現してみるまでわからない。

「……これ以上は体への負担が大きい。でも、君に勝つためならなんだってする……ッ！」

イドラさんはカッと目を見開き、さらに高圧の電流をその身に宿す。

「飛雷身——七千万ボルトッ！」

白く美しい髪を逆立てた彼女は、荘厳な蒼い槍を天高く掲げ、

「これなら……！　七千万ボルト——白鯨ッ！」

ぷっくりとお腹のふくれた巨大な白鯨を放った。

腹部に膨大な雷を溜め込まれた白鯨。俺はそれを迷うことなく切り裂く。

「五の太刀——断界ッ！」

その瞬間、イドラさんは勝利を確信した笑みを浮かべた。

「これで終わり——拡　散ッ！」

先ほどとは比較にならない凶悪な雷が、刹那のうちに俺の全身を包み込む。

「ぐっ⁉」

激しい放電の音がバチバチバチッと鼓膜を打ち、視界が真っ白に染まっていく。

舞台は黒く焼け焦げ、独特の異臭が周囲に充満した。

「はぁはぁ……。こ、これなら……！　君のその『闇』の守り、も……っ⁉」

イドラさんの表情は期待から驚愕へ、驚愕から絶望へと変わっていく。

「う、そ……っ」

漆黒の衣に身を包んだ俺は、全くの無傷だった。

「化け、もの……っ」

「……少し痺れましたが、防ぎ切れたみたいですね」

呆然とした彼女は、あまりに隙だらけだった。

さすがにこの状態で攻め込むのはどうかと思われたので、一言だけ声を掛ける。

「――次はこちらから行きますよ」

「……っ」

そうして俺が重心を落とし、両足に力を入れたそのとき、

（これ、は……っ）

突如グラリと視界が揺れ、体を覆う闇が大きく乱れた。

（くそ、もう時間なのか……!?）

これほどの闇を展開したのは、今日が初めてのことだ。

だから、俺はこの力の正確な『持続時間』をしっかりと把握していない。

「もしかして……力をまだ完全に制御できていない？」

「……はい、お恥ずかしながらその通りです」

闇を発現して、まだたったの二週間。

少し操れるようになったとは言え、いまだ完全に制御できたわけじゃない。

「そう。それなら私にも、まだ勝機はある……！」

イドラさんはそう言って、二本の槍を天高く掲げる。

すると——雲一つない青空から巨大な雷が落ち、それは槍の穂先へ吸い込まれていった。

「なっ!?」

驚愕に目を開く俺をよそに、彼女はゆっくりと語り始めた。

「見た限り、アレンの『闇』にも持続時間があるみたいだね。それなら君の霊力が空っぽになるまで、闇を絞り尽くしてあげる……！」

イドラさんは煌々と輝く二本の槍を構え、不敵に笑った。

「——行くよ、アレン！」

「あぁ、来い……！」

そして、

「一億ボルト――雷帝の蒼閃(インペラータ・グローム)ッ！」

螺旋(らせん)状の蒼い雷撃が、凄(すさ)まじい勢いで放たれた。

それに対して俺は、漆黒(しっこく)の闇を剣(けん)先に集中させ『疑似的な黒剣』を作り上げる。

「六の太刀――冥轟(めいごう)ッ！」

闇を纏った黒い冥轟が石舞台をめくりあげ、互いの全てを込めた渾身(こんしん)の一撃が激突(げきとつ)する。

「はぁあああああああ……ッ！」

「うぉおおおおおおお……ッ！」

雷と闇が激しく吹き荒(あ)れ、凄まじい衝撃波が走る。

そして――蒼い雷撃と黒い冥轟は同時に消滅した。

（（ご、互角(ごかく)……!?））

全力の一撃を見届けた俺たちは、同時に膝(ひざ)を突く。

「「はぁはぁ……っ」」

必死に体に酸素を取り入れ、なんとか意識を繋(つな)ぎ止めた。

俺の体を覆う闇は、もう消えてしまった。

今の黒い冥轟で、全ての霊力を使い果たしてしまったらしい。

（だけど、今の一撃でイドラさんも限界のはずだ……っ）

そうして俺が顔を上げると、

「飛雷身――極限一億ボルトッ！」

文字通り『蒼い雷』と化したイドラさんが、ゆっくりと立ち上がった。

（まだ、こんな力が……!?）

神々しさすら覚えるその姿に思わず息を呑んだ。

彼女は二本の槍を胸の前で束ね、ポツリと呟く。

「――雷錬金」

激しい雷が槍を溶かし、一振りの大きな剣が生み出された。

「雷剣――インドラ」

刀身も柄も鍔も、全てが真っ白なその剣は有無を言わさぬ圧倒的なプレッシャーを放つ。

イドラさんはそれをへその前に置き、正眼の構えを取る。

霊力は尽き、闇はなくなり、満身創痍となった絶望的な俺のこの状況。

しかしどういうわけか、俺の心には不思議な感情が渦巻いていた。

（ふっ、はは……ははは……ッ！）

どうしようもなく——楽しかった。

死力を振り絞って戦うのが楽しい。

果ての見えない相手と戦うのが楽しい。

命を懸けて戦うのが——楽しい。

（あぁ……。『戦い』って、なんて楽しいんだ……！）

その瞬間、疼いた。

『魂』が——ではない。

血が肉が骨が、全身が大きな脈を打った。

そして、

「……っ⁉」

これまでずっと行く手を阻んでいた『ナニカ』が揺らぎ、大きな『道』が開けたような気がした。

「これ、は……⁉」

その瞬間——体の奥底から、かつてないほど膨大な闇が溢れ出す。

次から次へと止まることのないそれは、舞台を一面漆黒に染め上げていった。

俺はゆっくりと立ち上がり、正眼の構えを取る。

「……」

「……」

静かだった。

お互いに言葉はもう必要なかった。

一秒にも一分にも一時間にも思える静寂の果て、俺たちは同時に走り出す。

「――うぉおおおおおおッ！」

「――はぁあああああああッ！」

漆黒の闇と蒼白の雷が、舞台の中央で交錯する。

「か、は……っ」

俺の胸元に大きな太刀傷が走り、焼け付くような痛みが走った。

（傷は……深い……っ）

この感じだと、戦闘続行はかなり難しいだろう。

（だけど、まだだ……っ。まだここで、倒れるわけにはいかない……！）

内からせり上がる血をグッと飲み込み、歯を食いしばって意識の手綱を握る。

すると――背後から衣擦れの音がした。

（くそ、イドラさんはまだ戦えるのか……っ）

俺は気力を振り絞って振り返る。

震える手で剣を握り締め、なんとか正眼の構えを取った次の瞬間、

「アレン＝ロードル……。君の、勝ち……っ」

雷剣インドラは真っ二つに折れ、彼女はゆっくりと後ろへ倒れ込んだ。

「い、イドラ＝ルクスマリア選手――戦闘不能！　よって勝者、アレン＝ロードル選手ッ！」

静寂に包まれた会場に、実況解説の大声が響き渡る。

その瞬間、観客席は大いに沸き上がった。

「す、げぇ……なんて戦いだよ……！　二人ともまだ一年生なんだろ⁉　信じられねぇよ……！」

「アレン＝ロードル、か……。こんなとんでもない剣士が、よく今まで無名でいたものだな」

「あの神童イドラ＝ルクスマリアが敗れたぞ！　ご、号外だ……！　すぐに記事を書け！」

凄まじい歓声と万雷の拍手を受けた俺は、大きく右手を挙げて応えた。

互いに死力を尽くした真剣勝負の果て、俺は見事『神童』イドラ＝ルクスマリアさんに勝利したのだった。

■

先鋒戦を勝利で飾った俺は、重たい体を引きずって舞台を降りた。

すると、

「す、凄いわ、アレンくん……！　まさかあの神童イドラ＝ルクスマリアを倒しちゃうなんて……！」

「やるじゃないか！　もはや、この私と同格と言ってもいいんじゃないか!?」

「いや、どう考えても私らより格上なんですけど……」

興奮した様子の会長たちは、足早に駆け寄って来た。

「あはは、ありがとうございます。苦しい戦いでしたが、なんとか勝つことができました」

四人でそんな話をしていると、会長は何かを思い出したようにハッと口に手を当てた。

「あっ、ごめんなさい。何よりもまず、治療が先よね……！」

彼女が医務室の方へ足を向けたそのとき、

「……いや、その必要はなさそうだ」

リリム先輩がポツリとそう呟いた。

「ほら、アレンくんの体をよく見てみろ。もう傷が塞がりかけているぞ？」

「「え？」」

俺たち三人は同時に声をあげる。

「そんなわけ……う、嘘……っ!?」

「もうほとんど治ってるんですけど!?」

「ほ、ほんとだ……」

胸にあったはずの深い太刀傷は、ほとんど塞がっていた。

血も完全に止まっており、まるで数日前に負った傷のようだった。

「あ、アレンくん……。あなた、本当に人間なの……?」

「あの身体能力にこの回復力、完全に人間を辞めてないか……?」

「むしろ『人間じゃない』と言ってもらった方が、納得できるレベルなんですけど……」

「あ、あはは……。冗談はよしてください、どこからどう見ても普通の人間じゃないですか」

そうして俺が苦笑いを浮かべると、

「むむ……っ。それにしても、やっぱりいい体をしているわね……」

「どれ……ほぅ、確かにこれは弾力のあるいい筋肉だな。よくぞここまで鍛え上げたものだ!」

「……触り心地、けっこういい感じなんですけど」

会長たちはそう言って、細い指を俺の胸筋や腹筋に走らせた。

「せ、先輩……っ。く、くすぐったいですよ……！」

俺がなんとか笑いを堪えていると、

「――さて！　壮絶な先鋒戦が幕を閉じたところで、そろそろ次鋒戦に参りましょうか！」

実況解説が剣王祭を再開させた。それと同時に、先ほどの一戦で温まった観客は大いに沸き上がる。

ちなみに……重傷を負ったイドラさんは、担架に載せられて医務室へ運ばれていった。医療班の人たちと会話をしていたので、命に別状はないだろう。

「いよっし、次は私だな！　アレンくんが作ってくれたこの最高の流れを、決して無駄にはしないぞ！」

「頑張ってください、リリム先輩！」

「リリム、負けたら承知しないわよ！」

「責任重大なんですけど……！」

俺たちの声援を受けた彼女は、

「ふっ、任せておけ！」

こちらに向けてグッと親指を突き立て、気力に満ちた表情で次鋒戦へ向かった。

■

その後、次鋒戦・中堅戦と続けて執り行われたが……リリム先輩とティリス先輩はともに敗北。白百合女学院の選手層は厚く、次鋒・中堅を任された剣士も凄まじい腕前だった。

そうして始まった副将戦。

会長は『アークストリア』の名に恥じない立派な戦いぶりで、見事勝利をもぎ取った。

これで結果は二勝二敗、勝負の行方は大将戦に持ち越される形になったのだが……。

(ふう、ここまでか……)

肝心の『大将』――生徒会副会長セバス＝チャンドラーはここにいない。セバスさんは神聖ローネリア帝国へ旅立ったきり、行方不明となっているのだ。

俺たちはなんとしても、大将戦にもつれ込む前に勝負を決めなければならなかったが……これぱっかりはどうしようもない。

「さぁ、それではこれより――千刃学院対白百合女学院の『大将戦』を行います！」

実況解説が大将戦の開幕を宣言し、恒例の選手紹介へ移った。

「千刃学院が大将、セバス＝チャンドラー選手！　手元の情報によりますと、セバス選手は千刃学院の『副』生徒会長！　しかしその実力は、先ほど凄まじい戦いを披露した生徒会長シィ＝アークストリア選手を超えるとのことです！」

高らかにセバスさんの紹介文が読み上げられたが……舞台へ上がるものは誰もいない。

なんとも言えぬ沈黙が会場を包み込んだ。

「……お、おや？　せ、セバス選手！　どうぞ舞台へお上がりください！」

実況解説がもう一度アナウンスを行ったが、通りのいい声が木霊のように響くだけだった。

「会長、これはもう……」

セバスさんが大将戦までに帰ってくる。そんな砂粒の如き可能性に賭けて、時間ギリギリまで粘ってはみたけれど……やはり間に合わなかったようだ。

「……ふぅ、棄権するしかないわね」

彼女が千刃学院を代表し、剣王祭実行委員へ声を掛けようとしたそのとき――会場の遥か上空を一機の小型ジェットが通過した。

するとそこから、

「う……うぉおおおおおおおお!?」

ボロボロの服に身を包んだ一人の男が、凄まじい速度で落下してきた。

（み、身投げか!?　あの高さ、助からないぞ……!?）

重力に引かれて、落下速度はみるみるうちに上昇していく。

コンマ数秒後、

「が、は……っ!?」

謎の男は全身を石畳に打ち付け、舞台の中央に巨大なクレーターが生まれた。

突然の事態に会場はシンと静まり返り、

「……ふぅ、危ない危ない。まさかパラシュートが故障するなんてな……。もう少しで怪我をするところだったぞ……」

彼はまるで何事もなかったかのように起き上がり、服に付いた砂埃を軽く払った。

(な、なんて人だ……!?)

数百メートルもの高さから落下し、無傷。夏合宿時のレイア先生や十八号さんを思い起こさせる頑強さだ。

そうして彼の体をジッと見ていた俺は、あることに気付いてしまった。

(あ、あの黒い外套……黒の組織か!?)

なんと彼が身に纏っていたのは、黒の組織が着用する黒装束だった。

(くそ、狙いはリアか……!?)

俺が咄嗟に剣を引き抜こうとしたそのとき、

「――せ、セバス!?　あなたどうして空から!?」

両手を口に当て、目をまん丸くした会長が声をあげる。

それに続いて、

「遅いぞ、セバス！　死んだかと思ったじゃないか！」

「数か月の行方不明は、割とシャレにならないんですけど……？」

リリム先輩とティリス先輩が、どこか親し気な空気を漂わせながら声を掛けた。

（こ、この人が副会長のセバスさん……!?）

セバス＝チャンドラー。

癖のある茶色い頭髪。どこか柔和な印象を抱かせる優しい顔つき。身長はほとんど俺と同じぐらいで、何故か黒の組織の外套をその身に纏っていた。

「あぁ、今日はなんてついてるんだ！　まさか降り立ったその場所に、愛しの会長がいらっしゃるなんて……これはまさか……運命!?」

セバスさんはリリム先輩とティリス先輩に目もくれず、会長の前に跪いた。

……どうやらかなり癖の強い人らしい。

「もう、遅いじゃない！　いったいどこで道草していたの！」

まるでお姉さんのように会長が問い詰めると、

「す、すみません……っ。神聖ローネリア帝国への密入国は、意外と簡単だったのですが……。掘れども掘れどもブラッドダイヤが全然見つからず、そのうえ黒い外套を纏った貧弱な集団に襲われ、帰りが遅くなってしまいました。あなたの騎士として、あるまじき失態です……っ」

　セバスさんは強く歯を食いしばり、悔しそうに舞台を殴り付けた。

　どうやら彼は、会長に恋をしているようだ。

「事情はわかったけれど、勝手に私の騎士にならないでね？」

　しかし、彼女に『その気』は全くないらしく、セバスさんの熱い想いを右から左へ受け流していた。

「それで……見つかったの？」

「はい、もちろんです！　どうぞこちらを……帝国の地下深くでのみ採掘される、超希少鉱石ブラッドダイヤでございます！」

　セバスさんはそう言って、握りこぶし大の鉱石を二つ懐から取り出した。

（ほ、本当に採ってきたのか……!?）

　俺が驚愕に目を見開いていると、会長は満面の笑みを浮かべる。

「わぁ、綺麗……！　ありがとう、セバス……！」

「も、もったいなきお言葉……！」

彼女から感謝の言葉を受け取ったセバスさんは、それはもう本当に幸せそうだった。

（どう見ても手のひらで転がされているけど……。本人がいいならそれでいい……のか？）

俺がそんなことを思っていると、

「さて……それじゃセバス、いよいよあなたの番よ！　白百合女学院の『大将』を倒してちょうだい！」

会長はそう言って、かなり難しいオーダーを出した。

「僕の番ですか……？　よくわかりませんが、会長がお望みとあらば――倒しましょう！　その大将とやらを！」

セバスさんは意気揚々と腰に差した一本の剣を引き抜く。

（だ、大丈夫かな……）

その一振りは遠目からでもわかるほどに錆び付いており、『剣王祭本戦』を戦い抜くにはあまりに頼りなく見えた。すると、

「な、なんという派手な登場でしょうか!?　剣王祭史上、これほど目を引く登場の仕方があっただろうかぁ!?」

事情を知らない実況解説が煽り、観客席は盛大に盛り上がった。

どうやらさっきの一幕は、『パフォーマンス』として受け取られたらしい。

「さてさて会場を盛り上げたセバス選手に対するは、白百合女学院が大将――リリィ＝ゴンザレス選手！　その流派は、圧倒的な破壊力が自慢の金剛流！　恐らくこの世代最強の『腕力』を誇る白百合女学院の女傑です！」

紹介を受けた一人の女生徒がゆっくりと舞台へ上がる。

（で、でかい……!?）

リリィ＝ゴンザレス。

ポーラさんを一回り小さくしたような、まさに熊の如き巨体。短く刈り上げられた金髪。彫りの深い精悍な顔つき。その澄んだ瞳には、強い自信の色がありありと浮かんでいた。鍛え抜かれた肉体に威風堂々とした立ち姿。彼女がとてつもなく優れた剣士であることは、一目ではっきりとわかった。

「両者、準備はよろしいでしょうか!?　それでは――始め！」

試合開始の合図と同時、リリィさんは油断なく魂装を展開した。

「ぶちかませ――〈虚無の衝突〉ッ！」

二メートルを超える巨大な大剣が、何もない空間を裂いて出現した。

そのコンマ数秒後、

「金剛流――破岩斬ッ！」

一足で間合いを詰めたリリィさんは、大上段からの強烈な一撃を振り下ろす。

しかし、

「――遅いよ」

まばたきをした刹那、彼女の魂装は粉々に砕け散った。

「馬鹿、な……っ」

それと同時に、リリィさんはゆっくりと前のめりに倒れ伏す。

（は、速い……!?）

セバスさんの放った斬撃は、まさに目にも留まらぬ連撃だった。

（二十、いや……三十を超えるか……!?）

ただ魂装を破壊するだけにとどまらず、意識さえも刈り取る神速の連撃。

（……強い）

純粋な剣術の腕前は、あの会長を遥かに上回るだろう。

「り、リリィ＝ゴンザレス選手戦闘不能！　よって勝者、セバス＝チャンドラー選手です！」

実況解説が勝敗を高らかに宣言し、そのあまりに衝撃的な結末に会場は騒然となった。

そんな中、

「ところで会長、彼はいったい誰ですか？　見たところ、うちの生徒のようですが……」

一瞬で試合を終わらせたセバスさんは、俺の制服に視線を向けながら会長へ問い掛けた。

「……へぇ、あなたが他人を気にするなんて珍しいわね。理由を聞かせてもらえるかしら？」

「それはもう……超弩級の『人外』がうちの制服を着ているんですから、気になって当然ですよ。しかし、いったいどこで見つけて来たんですか？　まさにただただ大きな力の塊。こんな『化物』、そうそういるものじゃありませんよ……」

セバスさんは神妙な面持ちのまま、恐れと警戒の入り混じった視線を向けてきた。

（じ、『人外』に『化物』って……）

まだ自己紹介すらしていないのに、とんでもない言われようだった……。

■

出会ってすぐに『人外』『化物』呼ばわりされた俺は、とりあえず自己紹介をすることにした。

「あの……セバス＝チャンドラーさん、ですよね？　初めまして、俺は一年生の――」

そうして俺が口を開いたところで、

「千刃学院対白百合女学院――五学院同士の激闘を見事制したのは、なんとあの千刃学院！　ついに今年、古の王が復活を果たすのかぁあああ⁉」

　実況解説が声高に千刃学院の勝利を宣言した。

　その直後、

「まさかあの白百合女学院に勝つとはな……。今年の千刃学院は、これまでとは違うぞ！」

「アレン＝ロードル、シィ＝アークストリア、セバス＝チャンドラー……！　こいつらの名前は覚える価値があるぜ！」

「特にあの『闇の一年生』がやべぇ！　『神童』が負けるなんて誰が想像したよ⁉」

　観客たちから、割れんばかりの声援と惜しみない称賛の声が降り注ぐ。

「ふっふっふっ、どうだ？　凄いだろう！」

「いや、リリムさ……。私たちは普通に負けてるんですけど……」

　リリム先輩が自慢気に胸を張り、ティリス先輩が突っ込みを入れた。

　そんないつも通りの光景を目にした俺が、思わずクスッと笑ったそのとき、

「――見つけたぞ、セバス＝チャンドラー！」

　低く渋みのある声が響き渡り、三十人を超える上級聖騎士たちが会場へ押し入ってきた。

「動くな！　大人しくしろ！」

「セバス＝チャンドラー、貴様には多数の傷害容疑が掛けられている。聖騎士協会まで同

行願おうか！」

「抵抗すれば、痛い目を見ることになるぞ！」

彼らは既に魂装を展開しており、下手な行動を見せればすぐにでも斬り掛かって来そうな勢いだった。

突然の事態に会場が騒然となる中、

「はぁ……。本当にしつこい人たちだな……」

セバスさんは、面倒くさそうにポリポリと頭を掻いた。

何か心当たりがあるようだ。

「もう……。セバス、今度はいったい何をしでかしたの？」

会長は特に驚いた様子もなく、呆れ半分といった様子で問い掛けた。

「いえ、何故か異常なほどに国境警備が厳しくなっていたので、少し手荒な方法で突破したんですよ。さすがに事情を説明するわけには、いきませんからね……」

神聖ローネリア帝国は、国の定める渡航禁止国。『罰ゲームでブラッドダイヤを採りに行くため』という軽過ぎる事情を話したところで、許可が下りるわけもない。

（それにしても、ついてない人だな……）

国境警備が厳しくなったのは、ほんのつい最近。ザク＝ボンバールとトール＝サモンズという危険人物の密入国を許したため、アークストリア家が警備網を強化したからだ。

「はぁ……。セバス、これ以上問題が大きくなる前に、聖騎士協会へ行きなさい。後で迎えを送るから、それまでは大人しくしているのよ？」

「承知しました！　──おいお前たち、会長に感謝しろ。彼女の慈悲のおかげで、怪我をせずに済んだのだからな」

この数の上級聖騎士を相手にしながら、セバスさんは自信満々にそう言った。

（す、凄い胆力だな……）

きっと全員を相手にしても、勝てるという絶対的な自信があるのだろう。

しかし、そんな彼の態度に会長は眉根を吊り上げた。

「……セバス？　私、『大人しく』って言ったわよね？」

「も、申し訳ございません！」

セバスさんは会長の命令に従い、大人しく上級聖騎士に連行されていった。

（ふ、二人はいったいどんな関係なんだ……？）

また落ち着いてから、少し聞いてみるとしよう。

そうして──とにもかくにも白百合女学院との壮絶な戦いを制した俺たちは、千刃学院の特別観覧席へ戻った。

「ふぅ……」

座席に腰を降ろし、体を落ち着かせたところで、

「……ねぇ、アレンくん。次の戦いはいけそう？」

会長は少し躊躇いがちにそう問い掛けて来た。

「そう、ですね……。相手がイドラさんクラスでなければ、大きな問題はありません」

彼女との戦いで、霊力を完全に消費したはずだったのだが……。

体の調子は、何故か絶好調だった。胸の傷はもはや完全に塞がり、尋常じゃない活力が漲っている。

（これは、いったいなんだろうか……？）

霊力以外の『ナニカ』が体中を走っているような、なんとも言えない奇妙な感覚があった。

しかも、これが初めてというわけじゃない。以前にも一度、全く同じ感覚を経験したことがある。

（あれは確かそう、部費戦争で会長と一騎打ちをしたときだったよな……）

俺がそんな昔のことを思い返していると、

「そ、そう……。あれだけやって、まだ戦えるのね……っ」

会長は苦い顔をして、引きつった笑みを浮かべた。

「――リリムとティリスはどうかしら？」

「あー、なんというかその……すまない。ちょっと厳しそうだ……っ」

「悪いけど私も、霊力がすっからかんなんですけど……」

二人はバツの悪い表情を浮かべ、静かに首を横へ振った。

「そっか、私も同じよ……。さっきの副将戦でかなり無理をしたから、もう魂装を展開する余裕もないわ……」

会長・リリム先輩・ティリス先輩、三人が疲労困憊。セバスさんは先の一件で、上級聖騎士に連行されて不在。

正直、これはもうどうしようもない。

「残念だけど、今回は棄権するしかないわね……」

会長は大きなため息をつき、決断を下した。

「そう、ですね……」

少し残念だけど、こればっかりは仕方がない。

剣士の勝負は真剣勝負。

今のように満身創痍の状況で無理をすれば、会長たちが大怪我をしてしまうかもしれない。

こういうときは無理をせずに体を休め、また次の機会を待つべきだ。

「……ごめんなさいね、アレンくん。先輩の私たちが足をひっぱっちゃって……」

「すまないな、アレンくん……。今日ばかりは、本当に修業不足を痛感したよ……っ」

「ちょっと申し訳ないんですけど……」

会長・リリム先輩・ティリス先輩は、申し訳なさそうに謝ってきた。

三人の先輩たちに頭を下げられた俺は、

「き、気にしないでください……！　そういえば俺も、ちょっと体に疲労が溜まっているのでちょうどよかったです」

彼女たちを傷付けないよう小さな嘘をついて、その場を丸く収めたのだった。

■

準決勝で棄権した俺たちの最終戦績は――四位だった。

残念ながら、明日の決勝戦には出場できなかったけれど……。

白百合女学院を打ち破るという大金星をあげた俺たちへ、観客のみんなは大きな拍手を送ってくれた。

（来年は決勝の舞台に上がれるよう、もっともっと頑張ろう……！）

明日からはまた、いつも通りの授業が始まる。

(魂装の修業・筋力の向上・闇の操作。ふふっ、やるべきことが山積みだな……！)

『やるべきこと』の数だけ、俺はまだまだ強くなれる。そう考えると、自然に笑みがこぼれた。

その後、長い閉会式が終わり、千刃学院の剣王祭が幕を閉じる。

それと同時に観客席の先輩たちが、一気にこちらへ駆け寄って来た。

「見てたぜ、アレン！　すげぇ活躍だったじゃねぇか！　一人だけ全戦全勝、負けなしだろ⁉」

「なぁおい、俺も例の素振り部に入れてくれよ！　いや、もう俺に剣術を教えてくれ！」

「というかお前、なんでそんなにピンピンしてるんだ⁉」

そうして俺は、たくさんの仲間に囲まれながら国立聖戦場の出口へ向かった。

するとその直後、

(な、なんだこれは……⁉)

信じられないものが、目に飛び込んできた。

出口付近ではなんと『号外』が配られていたのだ。もちろん、それ自体はなんらおかしいことじゃない。

問題はそう——記事の一面をでかでかと飾っているのが、俺の顔写真ということだ。

『あの神童イドラが敗れる⁉　無名の剣士アレン＝ロードル！』

『真の一年生最強、アレン＝ロードル！　その強さの秘密は⁉』

『漆黒の闇を纏いし、超新星！　その名はアレン＝ロードル！』

大きな文字で書かれた見出しが、遠目からでも容易く読み取れた。

(な、何が起きているんだ……⁉)

予想外の事態。俺が石像みたく固まっていると、

「うわぁ……。これは有名になっちゃったわねぇ……」

「くぅ、うらやましいぞ……！　次こそは、私が大活躍して『リリム＝ツオリーネ』の名を全国に轟かせてやるからな！」

「いや、これは普通に恥ずかしいと思うんですけど……」

会長たちは律儀に一人一部ずつ号外を手に取り、思い思いの感想を呟いた。

(な、なんでこんなことに……っ)

右を見ても左を見ても、俺の顔がでかでかと載った号外が配られている。そしてそれを受け取った観客たちは、チラチラとこちらへ視線を送ってきた。

「は、早く帰りましょう……！」

そうして俺が足早に帰路に就くと、先輩たちはみんなその後に続いた。

その後、オーレストの街を右へ左へと進み、ようやく俺とリアの寮に到着する。

「ふぅー……。疲れた……」

「あはは。大変だったね、アレン」

「あぁ、最後の号外にはびっくりしたよ……」

いつもの場所に剣を置き、ソファに深く腰掛けて大きく息を吐き出す。

「ふぅー……っ」

不思議と体は元気なのだが、精神的にはかなり疲れていた。好調なのか不調なのか、ちょっとよくわからない状態だ。

（こういうときは、早く寝るに限るな……）

それから俺は夜ごはんを食べ、お風呂に入り――リアと一緒にベッドに入った。

「――おやすみ、リア」

「うん。おやすみなさい、アレン」

そうして照明を落とした俺は、ゆっくりと目を閉じる。

それから十分、二十分、三十分と経過したが、

（……おかしい、よな。……うん、やっぱりおかしい）

さっきからずっと気になることがあり、眠ることができなかった。

「……なぁリア。起きてるか？」

俺がそう問い掛けると、

「……うん、どうかしたの？」

隣で横たわる彼女から返事があった。

「あぁ、なんというかその……。俺の勘違いだったら悪いんだけど、ちょっと元気がないように見えてさ……」

剣王祭が終わってからというもの、彼女の様子がおかしい。

いつものように笑ってはいるのだが、時折その表情に影が落ちるのだ。

「……うん、ちょっとね」

リアは掛布団の奥にもぞもぞと沈み込みながら、コクリと頷いた。

「何か悩みがあるなら話してみないか？『誰かに話すだけでも、存外に気は楽になる』ぞ？」

この言葉は、聞き上手だった『時の仙人』からの受け売りだ。

「……なんかね。アレンが今日イドラって凄い剣士に勝ってさ。たくさんの観客からいっぱい拍手をもらって、先輩たちからも凄く褒められて……。それ自体は、とっても嬉しいんだけど……。でも、あなたがどこか遠くへ行っちゃったような気がして……。そう考えると胸がギュッと苦しくなって……っ。……なんだろうね、この気持ち。よく、わからないや……」

リアはポツリポツリと呟き、最後には黙り込んでしまった。

「そうか……」

「……うん」

「……」

「……」

なんとも言えない沈黙が、二人の間を流れる。

(胸が苦しくなる、か……。これは中々に難しいな……)

残念ながら、俺に精神医学の知識はない。

リアがいったいどうして胸が苦しいのか、その原因を突き止めるのは難しい。

「リアのその気持ちがなんなのか、俺にはわからない。——だけど、一つだけ断言できることがある」

「……なに？」

「俺はずっと、君の傍にいる。勝手にどこかへ行ったりなんかしない。どこかへ行くとき

は、二人で一緒だ」

「……ほんと？」

掛布団から半分だけ顔をのぞかせたリアは、ジッとこちらを見つめた。

「あぁ、約束だ」

俺が強くそう断言すると、

「あ、ありがと……っ」

彼女は再び掛布団に潜り、黙り込んだ。

「……話してみてどうだった？　ちょっとは気持ちが晴れたか？」

「うん、なんだかとっても幸せな気分になった」

「そうか、それはよかった」

それから俺はリアと手を繋ぎ、二人で一緒に眠りについたのだった。

二：極秘事項と千刃祭

激動の剣王祭が終わり、数日の時が流れた。

九月の初旬。夏の厳しい暑さも鳴りを潜め、秋の訪れを感じさせる気候になってきた。

午前の授業をこなした俺とリアとローズの三人は、お弁当箱を片手に生徒会室へ向かう。

「――最近は涼しくなってきたな」

俺は窓の外を見ながら、軽い世間話を振った。

「そうね。私は今ぐらいの気候が好きかなぁ」

「ふむ、個人的にはもう少し涼しい方が好みだな」

リアとローズはそう言うと、こちらへ視線を向けた。

「俺は……そうだな。秋はほどよい涼しさで落ち着いて素振りができるし、結構好きな季節だ」

「それじゃ冬は？」

リアは小首を傾げて問い掛けてきた。

「おっ、冬もいいな。寒さで身も心も引き締まって、一振り一振りに集中できる」

「ならば、春はどうだ？」

今度はローズが質問を投げ掛けてきた。

「うーん、春もいいな。暖かい気候で気持ちよく剣が振れるからな」

「『それじゃ夏は?』」

リアとローズは同時に問うてきた。

「夏もいいな。特に過酷な暑さがいい。『まさに今、修業をしている!』って感じが最高だ」

「ふふっ、アレンったら全部修業が基準なのね」

「まぁ、『修業の虫』であるアレンらしいな」

「そ、そうか……?」

三人でそんな話をしていると、気が付けば生徒会室の前に到着していた。

コンコンコンとノックをし、入室許可をもらってから扉を開く。

「おはようございます、会長」

「おはよう。アレンくん、リアさん、ローズさん」

一足先に生徒会室に到着していた会長は、柔らかい笑顔で出迎えてくれた。

その奥では、ソファに腰掛けたリリム先輩とティリス先輩がこちらに手を振っている。

「さっ、みんな揃ったところで――早速、定例会議を始めましょうか!」

会長が手を打ち、恒例の『名ばかり定例会議』が始まった。

その後はいつも通り、みんなでお弁当を食べながら、いろいろな雑談に花を咲かせ——楽しい時を過ごす。

会長の話によれば、副会長のセバスさんはいまだ拘留中のようだ。

黒い外套を着ていたこともあって、黒の組織との関連を疑われているらしく……千刃学院へ復帰するには、まだもう少し時間がかかるらしい。

「——そういえば、もうすぐ『千刃祭』の時期ね。アレンくんのクラスは、何をするか決めた？」

セバスさんの話が一段落したところで、会長は新しい話を始めた。

「「「……千刃祭？」」」

俺・リア・ローズの三人が揃って首を傾げていると、

「おや、知らないのか？　千刃祭とは、ここ千刃学院で年に一度開催されるお祭り！　まあ早い話が『学園祭』というやつだ！」

「毎年学院外からもたくさんの来場者が来て、いつも大盛況なんですけど……」

リリム先輩とティリス先輩が、簡単に千刃祭の説明をしてくれた。

（学園祭、か……）

グラン剣術学院のときは、仲間に入れてもらえなかったため、参加するのはこれが初めての機会だ。

「その様子だと、まだ出し物も決まっていないみたいね。多分、そのうちホームルームで詳しい話があると思うわ」

会長はそう言って、楽しそうに微笑んだ。どうやら、千刃祭をかなり楽しみにしているようだ。

「会長たちのクラスは、もう何をするか決めたんですか？」

「ええ、もちろんよ。私たち二年Ａ組は――」

「――三教室ぶち抜きの超特大お化け屋敷だぜ！」

「ちなみに総監督は私、けっこう自信あるんですけど……」

息ピッタリのコンビネーションを見せた三人は、両手を前に出して『お化けのポーズ』を取った。

「もちろん、みんな来てくれるわよね？」

会長はそう言って、怪しく微笑む。

「はい、もちろんです」

俺はそうして元気よく返事をしたが、

「お、お化け屋敷なんて……っ。そんな子ども騙し、時間の無駄よ！　ね、ねぇ、ローズ？」

「あ、あぁ……リアの言う通りだ！　け、けけ、剣士たるもの！　そんな祭りの出し物に現を抜かさず、日々修業に励むべきだ！」

どうやら二人は、お化けが苦手らしい。

それを敏感に察知した会長は、少し意地の悪い笑みを浮かべる。

「あれ、もしかして……怖いのかしら？」

「「こ、怖くない！」」

見え見えの挑発に掛かったリアとローズは、大きな失言をしてしまった。

「それならぜひ、寄って行ってちょうだい！　アレンくんも来てくれるみたいだし、断る理由はないわよね？」

「「……っ」」

そうして引くに引けなくなった二人は、

「え、ええ！　もちろんよ！」

「いいだろう、う、受けて立つ！」

声を震わせながら、非常に頼りない回答を返した。

（……本当に大丈夫か？）

リアとローズの体は小刻みに震えており、強がっているのは誰の目にも明らかだ。

「二人とも怖いんだったら、別に無理しなくても――」

俺がそうして助け舟を出そうとしたが、

「か、勘違いしないでよね！　べ、別にお化けのことなんか、怖くなんてないんだから！」

「そ、そうだぞ！　し、失礼なことを言うな、アレン！」

二人は頑なに『怖くない』と言い張り、強気の姿勢を崩さなかった。

「ふふっ、面白くなってきたわね……！　ち・な・み・に二年A組は去年もお化け屋敷をやったんだけど……。そのときは、恐怖のあまり十人以上が気絶しちゃったのよねぇ……っ」

「ふっふっふっ！　私たちのお化け屋敷に入った者は、夜一人でトイレに行けなくなること間違いなしなんだぜ！」

「恐怖に打ち震えて欲しいんですけど……！」

会長たちの脅し文句を聞いたリアとローズは、

「「……っ」」

顔を真っ青にしながら固まっていた。

（怖いのが苦手なら、素直にそう言えばいいのに……）

そうして俺が苦笑いを浮かべていると、

「むっ……。アレンくんは、怖いの平気なのかしら？」

「ふむ、君はこういうのに耐性がありそうだ……。シィとのポーカーでのイカサマといい、優しい顔をしてけっこう腹黒い男だからな……」

「普段は落ち着いているから、真剣に驚く姿が見てみたいんですけど……」

会長たちの矛先が、一斉にこちらへ向けられた。

「あはは、怖いのが平気というわけではありませんが……。お化けに対しての恐怖心は、あまりないですね……」

ゴザ村にいた頃は、竹爺の怪談話を聞いて夜中眠れなくなったりもしたけれど……。

さすがに中等部に入る頃ぐらいからは、お化けというものを信じなくなっていた。

「へぇ、随分と余裕そうね……」

「この落ち着きっぷり……。かなり手強いと見たぞ……っ」

「ちょっと気合を入れないといけないんですけど……」

彼女たちは、何故かやる気に満ち溢れていた。

「……っと、会長。そろそろもうお開きの時間ですよ」

時計を見れば、昼休み終了の五分前だ。

「あら、楽しい時間はあっという間ね……。それじゃ、アレンくん、リアさん、ローズさん。また明日」

そうしてお昼の定例会議を終えた俺たちは、生徒会室を後にして午後の授業へ向かったのだった。

■

午後の授業を全て消化した俺たちは、ホームルームを受けるために一度教室へ戻った。

「ふぅ、今日も疲れたな」

「ええ、体のあちこちがもうパンパンよ……」

「レイア先生の授業は、中々にハードだからな……」

リアとローズとそんな雑談を交わしながら、帰り支度を進めていると——教室の扉が勢いよく開かれた。

「——諸君、今日も厳しい授業をよく乗り切ったな！　帰りのホームルームだが、連絡事項はなし。そのまま、帰っていいぞ！」

そうして手短に帰りのホームルームを終わらせた先生は、

「アレン、ちょっと話がある。放課後、一人で理事長室へ来てくれ」

少し硬い声で俺を呼び出したのだった。

「……？　はい、わかりました」

「うむ、待っているぞ」

彼女は満足気に頷き、素早く教室を後にした。

「……レイアにしては、えらく真面目な顔をしていたわね」

「しかも、『一人で』か……。いったい、なんの用件だ……？」

リアとローズは、怪訝な表情を浮かべて首を傾げた。

「まぁとりあえず、行ってくるよ」

「うん。それじゃ私たちは、いつもの場所で修業してるわね」

「アレンも話が終わったら、すぐに来てくれよ？」

「あぁ、わかった」

そうして俺は、リアとローズと別れてA組の教室を後にする。

長い廊下を右へ左へと進んで行くと、理事長室へ到着した。

ゴホンと咳払いをして、黒塗りの扉をノックすれば、

「──入れ」

硬質なレイア先生の声が返ってきた。

「失礼します」

扉を開けるとそこには、難しい表情の先生が仕事用の椅子に腰掛けていた。

（……どうしたんだろう？　何か悪いことでもあったのか……？）

俺がそんなことを考えていると、

「よく来たな、アレン。さて今日はいくつか話したいことがあるのだが、まずは……あの白百合女学院を破っての剣王祭四位、これはとてつもなく素晴らしい成績だ。おめでとう！」

先生はそう言って、優しく微笑んだ。

「ありがとうございます。でもこの結果は、会長やリリム先輩、ティリス先輩の力があってのものです」

「あぁ、それはもちろんそうだが……。あまり謙遜し過ぎる必要はない。何せ君は予選から本戦まで全戦全勝、出場選手の中で最も優れた成績を残したのだからな。もっと自信を持って胸を張るといい」

彼女はさらに話を続けた。

「そしてここからが本題なのだが……。あの『神童』イドラ＝ルクスマリアを破ったことにより、今やアレンの知名度は『全国レベル』となった」

「そ、そうなんですか……？」

「あぁ。このリーンガード皇国で、最も名の売れた『一年生剣士』は間違いなく君だよ」

先生ははっきりとそう断言した直後、

「――だからこそ、どうしても一つ話しておかなくてはならないことがある」

いつになく真剣な顔でそう言った。

「な、なんでしょうか……？」

俺はゴクリと唾(つば)を呑(の)み込み、彼女の言葉を待つ。

そうして一分二分と経過したあるとき、

「あの呪(のろ)われた――『一億年ボタン』についてだ」

先生は信じられない言葉を口にした。

（……これまで一億年ボタンについて、誰かに話したことは一度もない）

あんなおとぎ話みたいな話、きっと誰も信じてくれないと思ったからだ。

「ど、どうして先生が一億年ボタンのことを……!?」

「そりゃ一応、私も『経験者』だからな」

「け、経験者って……まさか!?」

「あぁ、そのまさかだ。私も昔『時の世界』で、遥(はる)か悠久(ゆうきゅう)の時を過ごしたんだよ……」

彼女はどこか遠い目をしてそう呟(つぶや)いた。

「ということは、時の仙人のことも……？」

「もちろん知っているとも。真っ白い髭を生やした、小憎らしい爺のことだろう？」

「……っ」

これはもう間違いない。

先生は俺と同じく、時の仙人から一億年ボタンをもらい受け――押したんだ。

「そ、それで……一億年ボタンについての話って、なんなんですか⁉」

俺が前のめりになって問い掛けると、

「ふむ、その前に……これから先の話は、一切他言無用で頼むぞ？」

先生は真っ直ぐこちらの目を見てそう言った。

「わ、わかりました。ですが、いったいどうしてでしょうか？」

そもそも一億年ボタンについて、誰かに話すつもりは全くない。

しかし、改めて『他言無用』だと言われると、その理由が気になってしまう。

「さて、どこから話したものかな……」

彼女は悩ましげに腕を組み、ゆっくりと語り始めた。

「まずは私たちが掴んでいる情報を共有しておこうか。大前提として一億年ボタンは、時の仙人が持ち歩く呪われたボタンだ。その起源は古く、数百年以上も前から時の仙人と一億年ボタンの存在は確認されている」

「す、数百年前から……!?」

「あぁ、人間の寿命を遥かに超えている。自ら『時の仙人』と名乗っていることから、おそらく寿命など存在しないのだろうな。人間というよりも『物の怪』の類だ」

物の怪、か……。

確かに、時の仙人はどこか人間離れした空気を放っていたような気がする。

「いったいどんな目的があるのかは知らんが……。奴はこの世界を渡り歩き、一際飛び抜けた『天賦の才能を持つ剣士』へ一億年ボタンを配っている」

俺の前に時の仙人が現れたことからして、それは多分違うと思う。

「しかし、これが表に出ることは少ない。……いや、極稀だと言っていいだろう。なぜなら、大概の剣士は『一億年という地獄』に耐え切れず、自害してしまうからな」

「……っ」

少しだけ、嫌なことを思い出した。

「一億年ボタンの呪いを打ち破り、時の世界から脱出できた剣士は『超越者』と呼ばれる」

「……超越者」

「あぁ。そして問題はここからなんだが……。近頃その超越者を集め、世界の裏で暗躍している一大組織がある」

「もしかして黒の組織、ですか……？」

「そうだ。察しがよくて助かるぞ」

先生はコクリと頷き、机の上に置かれたグラスの水に口をつけた。

「アレンは今回の剣王祭で、あまりに大きな結果を残した。『無名の剣士』が、『神童』イドラ＝ルクスマリアを打ち破るというとてつもない結果をな。知っての通り、剣王祭の注目度は高い。この情報は、間違いなく奴等の耳にも入っているだろう」

彼女はさらに話を続けていく。

「それに加えて、君は既にあの有名な『火炙りのザク＝ボンバール』を単独で撃破している。ザクは黒の組織の一員、当然この情報は組織内で周知されていることだろう。つまり何が言いたいかというと——今後、黒の組織が君にコンタクトを取ってくる可能性が高い。もちろん、その目的はスカウトだ」

「お、俺をスカウト……!?」

「あぁ、十分に考えられる話だ。しっかりと用心しておいてくれよ？　奴等は恐ろしくしつこい。何より目的達成の為ならば、どんな汚い手でも躊躇なく使ってくるからな」

「わ、わかりました……。一応、用心しておきます」

「うむ、そうしてくれ」

リアを誘拐した組織に俺が加入するなんて、絶対にあり得ない。だけどまぁ、用心するに越したことはないだろう。

「さて、最後に話をまとめるとだな。黒の組織は現状『超越者』を集めている。そしてこれまでの活躍から、奴等が君をスカウトしに来る可能性は高い。だから、もし今後誰かが『一億年ボタン』について尋ねたときは、まともに答えず知らないフリをするんだ。そいつはまず間違いなく、黒の組織の一員だからな」

「は、はい……っ」

俺がコクリと頷くと、

「うむ、これで話は終わりだ」

先生はそう言って、グラスに入った水を一気に飲み干した。

「いろいろと気に掛けていただき、ありがとうございます」

「気にすることはない。私はここの理事長であり、君の担任なんだからな」

彼女は優しく微笑むと、最後にちょっとした話を振ってきた。

「ここから先は、純粋な好奇心からの質問なんだが……。アレン、君はあの『時の世界』に何年囚われていたんだ？」

「えーっと、すみません……。正確に何年なのかは、覚えていないのですが……」

「あぁ、だいたいの年数で構わない」

「そう、ですね……。だいたい十数億年ぐらい、でしょうか……？」

何度も何度も一億年の修業を繰り返していたから、十周より先は数えていない。

それにあのときは、そんな余裕のある精神状態ではなかった。すると、

「……は？」

俺の返事を聞いた先生は、まるで石のように固まってしまった。

「……す、すまない。私の聞き間違いでなければ、今『十数億年』と聞こえたのだが……？」

「はい。最低でもそれぐらいは、あの世界にいましたね……」

多分だけど、さすがに二十周は超えていなかったはずだ。

「ば、馬鹿な……!?」

彼女はポカンと口を開けたまま、かすれた声で何事かを呟いた。

「き、君はそんな膨大な時間、あの中でいったい何をしていたんだ……？」

「そうですね……。主に素振り、でしょうか」

飛影や朧月、冥轟に八咫烏などなど。様々な技の開発をしていた時期もあったけれど、
基本的にはずっと素振りをしていた。

「じゅ、十数億年もの間、ただずっと素振りを⁉」

「え、ええ、まぁ……」

「そう、か……。君は本当にとんでもない奴だな……」

先生は呆れたように呟き、大きく息を吐き出した。

「ふぅー……。いや、なんでもない。今の話は忘れてくれ」

「は、はぁ……」

「最後にもう一度だけ言っておくが、今日ここで話したことは極一部の者だけが知っている極秘事項だ。くれぐれも他言無用で頼むぞ？」

「はい、わかりました」

「よし、話は以上だ。長々と時間を取らせて悪かったな」

「いえ、こちらこそ。ありがとうございました」

そうして俺は「失礼します」と言ってから、理事長室を後にした。

（それにしても、レイア先生が一億年ボタンを押していたなんてな……）

世界は狭い。

まさかこんな近くにあの不思議な経験をした人がいるなんて、思いもしなかった。

（しかし、黒の組織がスカウトに来るかもしれない、か……）

リアを誘拐するような組織に俺が入ることなんてあり得ない。

（だけど、奴等は大規模な犯罪組織だ）

誘いを断った瞬間、逆上して襲い掛かって来ることは十分に考えられる。

そういう意味でも、しっかりと用心しておかなければならない。

「さて、と……。そろそろリアとローズのところへ行くか……」

そうして俺は、素振り部の活動場所である校庭へ向かったのだった。

■

アレンが理事長室から退出した直後、

「あ、あり得ん……っ。あんな誰もいない孤独な世界で十数億年、だと……!?　この私でも五百年で限界ギリギリだったんだぞ!?　いったいどんな精神構造をしているんだ!?」

レイアの叫び声が、広い理事長室に響き渡った。

一億年ボタンという名称は、時の仙人がそう呼んでいるだけに過ぎない。実際に一億年もの時を過ごして現実世界へ生還した者は、アレンという例外を除けば、たった一人として存在しない。

それよりも前に時の世界を破壊できなければ、そのまま廃人となって自害の道をたどる。

実際レイアとて五百年目のあのとき、世界を拳で叩き割ることができなければ、間違いなく廃人となり悲惨な最期を迎えていただろう。

記録上これまで最も長い間、時の世界に囚われていた者は――千年だ。

その桁が『万』を超えることなぞ、まして『十数億』なんて数字はかつて一度もなかった。

それゆえ彼女は、恐ろしかった。十数億年という地獄を過ごしながら、アレンがあそこまでまともなことが――何よりも恐ろしかった。

「アレン＝ロードル……。魂に宿した超弩級の霊核を考慮外にしても――ア、アレは個人として、何かがおかしい……っ」

彼女はここに来てようやく、アレン＝ロードルという『異常』を認識し始めていた。

「とにかく、これは完全に想定外だ……。すぐにダリアへ報告しなければ……っ」

そうしてレイアは、アレンの母――ダリア＝ロードルに連絡を取るために動きだしたのだった。

■

レイア先生から一億年ボタンの話を聞いた翌日。

午後の授業を終えた俺たちは、一年A組の教室で帰りのホームルームを受けていた。

「――諸君、今日も厳しい授業をよく頑張ってくれたな！　見たところ、少し疲労が溜まってきているようだが……。そこは若さと気合で乗り切ってくれ！」

レイア先生はお得意の根性論を声高に唱え、黒板をバシンと叩いた。

なんとも先生らしい激励方法だ。

（最近、みんな疲れているな……）

授業内容は今まで通りだけど、クラスメイトの顔には疲労の色が浮かんでいた。

もちろん、リアとローズも例外じゃない。

以前それとなく二人に理由を聞いてみたところ、なんでも魂装の授業が特にきつくなったらしい。

これまでは霊核と対話し、力を分けてもらえるよう交渉するだけだったそうだが……。

近頃になって一定以上の力を求めると、霊核が激しい抵抗を見せるみたいだ。

そのため魂装の授業のたびに霊核と戦わなければならず、精神的な疲労がかなり大きいのだとか。

（俺はその点『ラッキー』なのかな……？）

そもそもアイツは、最初からほんのわずかな力さえ貸してくれない。

（『対話に交渉』――そんな弱い姿勢を見せた日には、渾身の右ストレートが飛び、気付

けば現実世界だ)

初日からずっと殺し合いをしてきた俺は、みんなが疲れ切っている中でも一人元気いっぱいだった。そういう精神的疲労には、もう慣れてしまったのだ。

(みんなもこうして頑張っているんだから……。俺ももっと限界ギリギリまで、自分を追い込まないとな……!)

ここ最近、修業に対するモチベーションはメキメキと上がっている。

それというのも、魂の世界でアイツと戦っていられる時間が大幅に延びたのだ。

『闇』を習得した今、アイツの攻撃をしっかりと防御することができるようになった。

これはとてつもなく大きな成長だ。

(この闇、本当に便利な力だよな……)

漆黒の闇は、まさに攻防一体。

身に纏えば強固な鎧となり、剣に集中させれば恐るべき切れ味を誇る『疑似的な黒剣』となり、傷口に集中させれば大抵の傷をたちまちのうちに治してしまう。

(しかし、俺の魂装はいったいどんな力なんだろう……?)

まだまだ遥か先にある未知の力——魂装。

そこへ想いを馳せるだけで胸が高鳴り、自然と笑みがこぼれた。

（ふふっ、また明日の授業が楽しみだな……！）

俺がそんなことを考えていると、

「さて、いつもならここで解散するところだが……。今日は一つ大きな連絡事項がある！」

先生はそう言って、ゴホンと咳払いをした。

「今年もついに『千刃祭』の時期が来た！　既に部活動の先輩から聞いている者も多いと思うが、一応私からも簡単に説明しておこう！」

そうして彼女は、千刃祭について語り始めた。

「千刃祭は一年に一度、ここ千刃学院で開かれる学園祭だ。うちは『五学院』の一つということもあり、その活況ぶりは目を見張るものがあるぞ！　例年、学院外から多くの一般客が来場し――その中には、将来千刃学院の門を叩く若き剣士も含まれる。君たちには千刃学院の生徒という自覚と誇りを持って、全力で楽しんでほしい！」

今の話は、概ね会長たちから聞いていたものだ。

「千刃祭までは、後わずか二週間。君たちにはこれから、一年A組で実施する出し物を決めてもらう。――さぁ、いいアイデアを思い付いた者は遠慮なく手を挙げてくれ！　どんな出し物でも構わないぞ、どんとこいだ！」

その後、俺たちはみんなで思い思いのアイデアを出し合い――最終的に五つの候補にまで絞られた。

コスプレ喫茶店。

クラスで映画制作。

ミニゲーム大会。

お手製ラムザック店。

青空素振り会。

どれも魅力的で、甲乙つけがたいものばかりだ。

特に青空素振り会、アレは素晴らしい。

「ふむ、一つだけ妙なものが混ざっているが……。まぁ、いいだろう」

先生は全員に投票用紙を配り、教卓の上に投票箱を設置した。

「それでは投票先を決めた者から、この箱へ投票してくれ！」

その後、一人また一人と票を投じていく。

「……よし、これで全員の投票は終わったな。それでは早速、開票へ移ろうか！」

先生はそう言うと、間を置かずにすぐさま投票箱を開けて集計を始めた。

その結果――。

コスプレ喫茶店、十六票。

クラスで映画制作、六票。

ミニゲーム大会、四票。

お手製ラムザック店、三票。

青空素振(すぶ)り会、一票。

一年A組の出し物は、過半数の支持を得たコスプレ喫茶店に決定した。

「なん、だと……!?」

みんなの多数決で決まったんだ。この結果にはなんの文句もない。

ただ、一つだけ悔(くや)しいことがあった。

それは——俺の提案した『青空素振り会』にわずか一票しか入っていなかったことだ。

言うまでもなく、この一票は俺が投じたもの。つまりこれは、実質『ゼロ票』を意味する。

(学院外の剣士も交えての素振り、どう考えても絶対に楽しいだろ……!?)

どうやら俺の拙(つたな)い説明では、青空素振り会の楽しさをみんなに伝え切れなかったらしい。

(また、来年出直しだな)

千刃祭は、今年一回切りというわけじゃない。

また来年もう一度、進化した青空素振り会でチャレンジすればいいだけのことだ。

そうして俺が密かにリベンジに燃えていると、

「——それでは諸君、早速準備開始だ！」

「「「おー！」」」

先生の号令が響き、コスプレ喫茶店の開店準備が始まった。

■

その後の二週間。俺たち一年A組は、放課後を利用して千刃祭の準備を進めていく。

まずはコスプレ衣装の決定だ。

女子たちは専用のカタログに群がって、何やら楽しそうにはしゃいでいた。

「ねぇねぇ、やっぱりリアさんにはこういうのが似合うと思うんだけど！」

「さ、さすがにそれは……スカートの丈が短すぎないかしら……？」

「大丈夫、大丈夫ー！　中にスパッツを穿けば問題なし！」

「す、スパッツでも見られるのは嫌よ!?」

リアの周囲では、男子禁制の桃色の話が展開されている。その一方で、

「どうかな、ローズさん？　この中で着てみたい衣装とかある？」

「ふむ……これなんか気になっているのだが？」

「え……っ!?　い、意外と大胆なんだね……っ」

「そうか？　別に普通だと思うが……」

ローズは淡々と自分の好みの衣装を選んでいた。

（だ、大丈夫かな……）

彼女の露出が多い私服を知っているだけに、いったいどんな衣装を選んだのか、ちょっと心配だった。

そうして女子が衣装決めで盛り上がっている間、男子はカラフルな折り紙で装飾用の輪っかをひたすら量産する。

最初は『誰それのコスプレが楽しみだな！』などと、男子特有の話で盛り上がっていたのだが……。

ハサミで切って、折り紙を丸めて――のり付け。

ハサミで切って、折り紙を丸めて――のり付け。

ハサミで切って、折り紙を丸めて――のり付け。

ひたすら同じ作業を繰り返すうちに口数はどんどん減っていき、三時間が経過する頃には、ただただ輪っかを作り続ける悲しい機械となっていた。

すると、

「ねぇねぇ、アレンくん。ちょっと、こっち来てくれない？」

楽しそうな女子の集団から、お呼びの声がかかった。

「どうしたんだ？」

「いやさ。アレンくんには、何を着てもらおうかなーって思ってね！」

「お、俺も着るのか……!?」

「もっちろん！　アレンくんにはかっこいい衣装を着て、女性客を摑(つか)んでもらわなきゃ！」

彼女たちはそう言って、上機嫌(じょうきげん)に様々な衣装を提案してきた。

（……正直、全く需要(じゅよう)がないと思うけど）

せっかくみんなが、乗り気で選んでくれているんだ。わざわざそこへ水を差すこともないだろう。

そうしてコスプレの衣装が決まった後は、メニューを決定していく。

喫茶店というからには、飲み物と簡単な軽食が必要なのだ。

「まずはコーヒーにカフェラテ、カフェオレにカプチーノと……後はマキアートも欲しいわね！」

「おいおい、炭酸系も忘れるんじゃねぇぞ」

「あっ、そうだね！　それで軽食はどうする？」

「トーストにミートスパ、オムライスにハヤシライス、最低でもこのあたりは欲しいな

「いいね！　それじゃデザートは、パンケーキとコーヒーゼリーとかにしよっか！」

「おぉ、なんかそれっぽいな！」

男子と女子が楽しげにそれぞれの意見を出し合っていると、

「――な、なんだと!?　もういっぺん言ってみろ！」

「だーかーらー……。喫茶店に『そのメニュー』は無理だって！」

テッサとクラスの女子が、何やら言い争いを始めていた。

（……どうしたんだろう？）

少し耳を傾けると、二人の会話が聞こえてきた。

「白飯、ひじき、煮干し、菜っ葉のおひたしに沢庵ッ！　斬鉄流の精進料理は、喫茶店にこそ必要だろうが!?」

「必要なわけないでしょ!?　ここはコスプレ喫茶店なのよ!?」

「くっ、このわからず屋め……！　――なぁ、おいアレン！　お前はどう思う!?」

テッサは突然、こちらへ話を振ってきた。

「い、いやぁ……。さすがに今回は、テッサが間違ってると思うぞ……」

コスプレ喫茶店に精進料理は、ミスマッチと言わざるを得ない。

「ぬ、ぐぐぐ……っ。アレンがそう言うなら、仕方あるまし……」

彼は歯を食いしばりながら、渋々自分の主張を退けた。

そうして衣装とメニューが決まったところで、最後に調理の練習へ入る。

「くっ、オムライスめ……。中々に難しいじゃないか……っ」

「がーっ！　なんで卵が綺麗に丸まらないのよ!?　おかしいんじゃないの、このフライパン！」

「あ、あはは……。普段料理なんてしないから、ちょ、ちょっと恥ずかしいな……っ」

オムライスを作っている女子たちは、『半熟ふわとろ卵』に挑戦しているのだが……。

ローズを筆頭にして、あまりうまくいっていないようだ。

どうやらクラスの女子たちは、あまり料理が得意じゃないらしい。

（……これぐらいなら、少し手助けできそうだな）

俺は彼女たちへ、オムライスを作る時のちょっとしたアドバイスを送ることにした。

「実は綺麗に卵をひっくり返す裏ワザがあってさ。最初に卵を入れた後、フライパンの上でしっかりかき混ぜて、『卵とフライパンを引き剝がす』ことを意識すれば簡単にできるぞ？」

すると、

「こ、これは!?　……やるな、アレン。まさか料理の道にも精通しているとは……！」

「おぉー、こうやって作ればいいのか！　さすがはアレンくん、助かったよ！」

「わっ、本当だ……！　ありがとう、アレンくん。でも凄いね、料理までできちゃうなんて」

次々に『半熟ふわとろ卵』を成功させた彼女たちが、羨望の目をこちらへ向ける。

「どういたしまして。実は昔、ちょっと料理に凝っていた時期があったんだよ」

ゴザ村での生活は、完全なる自給自足。野菜の収穫・家畜の世話・食料の調理など、こういう基本的なことは全て自分でできなければならない。

それに何より——俺はあの時の世界で百万年ほど料理に励んでいた。

そういう事情もあって、俺は普通の男子よりも少し料理が得意なのだ。

そうして慌ただしくも楽しい二週間はあっという間に過ぎていき、いよいよ千刃祭当日を迎えた。

■

千刃祭当日。

俺たち一年A組の生徒は、開場三十分前の八時三十分に教室へ集合し、開店準備に取り掛かっていた。

テッサたちが料理の下準備を始める中、俺は男子更衣室でコスプレ衣装に着替える。

「えーっと、これがこうでっと……」

手元のメモを見つつ、なんとか一人で着付けを進めていく。

青い生地に白波のデザインが施された羽織。品のある落ち着いたグレーの袴。鼻緒の黒いシンプルな草履。

「確か『武士の装束』だっけ……？」

武士。それは極東のとある国で確認される剣士の亜種であり、独特な剣術を用いる少数民族だ。普段は温厚で争いを好まない性質だが、笑顔の下に刃あり——その戦闘力は凄まじいものがあるらしい。

「これでよしっと」

武士の装束に身を包んだ俺は、鏡に映る自分の姿をジッと見つめる。

「……やっぱりちょっと目立つよなぁ」

本番当日になって、急に恥ずかしくなってきた。

しかし、ここまで準備してもらっておいて、今更やめますと言えるわけもない。

「ふぅー……っ」

大きく息を吐き、心を落ち着かせていく。

（……そうだ。よくよく考えれば、今日は『お祭り』じゃないか）

少しぐらい目立つ格好をしても『そういうものだ』と受け入れてくれる土壌はある……はずだ。

「堂々としていれば、大丈夫だよな……うん！」

そうして気持ちを切り替えた俺は、みんなが待つ一年Ａ組の教室へ向かった。

開店準備で賑わう廊下を抜け、教室の扉をゆっくり開けると、

「あ、アレンくん……！　うわぁ、やっぱりよく似合っているよ！」

「か、かっこいい！　これは大人気間違いなしだよ！」

女子たちから黄色い声援があがった。

これまで女子から褒められた経験がほとんどない俺は、こういうときにどんな反応をすればいいのか困ってしまう。

「え……。あっ、う、うん……ありがとう」

そうしてあやふやな返事をしていると、教室の後ろの扉が開き、そこからコスプレ衣装に身を包んだリアが入ってきた。

「こ、これは……!?」

「ま、眩しい……っ。なんて破壊力だ……!?」

「やべぇ、胸が……苦しい……っ」

男子が大きなリアクションを見せる中――リアは周りの視線に目もくれず、ススッとこちらへ近寄って来た。

「ど、どうかな、アレン……?」

彼女は頬を朱に染めながら、その可憐なコスプレ姿を見せてくれた。

黒のワンピースにフリル付きの白いエプロンドレスが組み合わされた、いわゆるメイド服というやつだ。その衣装はリアの美しい金髪と綺麗な顔立ちにマッチしており、控え目に言ってもとても可愛らしい。

「と、とても可愛いと思うぞ……っ」

「そ、そっか……っ。あ、ありがと……！」

彼女はそう言って、どこか気恥ずかしそうに笑う。

（……リアのメイド服姿は、これ以上望むところがないほど可愛らしい）

しかし、どうしても一か所だけ気になるところがあった。

俺はそれとなく、彼女の足回りへ目を向ける。

（ちょ、ちょっと短過ぎじゃないか……？）

そう、スカート丈がとても短いのだ。少し強い風が吹けば、中が見えてしまいそうなほど。

（こういうのを男の俺が口にするのは、あまり良くないかもしれない……。だけど……ッ）

こればかりは、指摘せざるを得なかった。

「そ、その、さ……。大丈夫なのか、それ……？」

直接的な表現を控えながら、彼女のスカートを控え目に指差せば、

「ふふっ、それなら問題ないわよ。——ほら」

なんと彼女は、スカートの両端をクイッと持ち上げた。

「ちょ、り、リア……!?」

その予想外の行動に、俺は慌てて両手で目を塞ぐ。

しかし、自然発生した指の隙間から、少しだけリアのスカートの中が見え……ない。

「あ、れ……？」

よくよく見れば、それは股下の部分がしっかりと縫合された——ミニスカート風の半ズボンだった。

「……アレンのエッチ」

「え、あ、いや……っ。これは、その不可抗力というか、なんというか……っ」

ジト目でこちらを見つめるリアに、俺がしどろもどろになっていると——彼女はいたず

らっ子のように笑った。

「ふふっ、冗談よ。でも、びっくりした？　『キュロットスカート』って言うんだって。クラスの子が『これなら絶対大丈夫！』って教えてくれたの」

彼女はそう言って、クルリとその場で回った。

遠心力により、スカートがヒラヒラとはためいたけれど……股下がしっかりと縫われているため、中が見えることはなかった。

「なんだ、よかった……」

リアがそういう視線で見られるのは、あまりいい気持ちがしない。

俺がホッと胸を撫で下ろしていると、

「……ちょっと安心した？」

彼女は腰を折り、俺の顔を覗き込んできた。

「あぁ、かなり安心した」

「……えへへ、そっか。ありがと」

「……？　どうしてリアがお礼を言うんだ？」

「なんだか、ちょっと嬉しかったのよ」

俺たちがそんな話をしていると、真後ろの扉がガラガラッと勢いよく開かれた。

そしてそこから姿を現したのは、

「──おはよう、アレン」

「あぁ。おはよう、ローズ……ッ⁉」

うさ耳のヘアバンド。うさぎの白く真ん丸な尻尾。大きく肩を露出した黒いレオタード。網目の大きいストッキング。どこに出しても恥ずかしくない、立派なバニーガールだった。

「どうだ、中々似合っているだろう？」

彼女は威風堂々とした佇まいで、そう問い掛けてきた。

「た、確かに似合ってはいるけど……っ。ほ、本当にそれでいいのか？」

「どういう意味だ……？」

「なんというかその……。肩回りとか、む、胸元とか……さ」

「これぐらいなら、どうということはない。普段着とそう変わらないさ」

「……確かに」

彼女の私服は、胸の下部からお腹までが完全に露出したものであり、下は生足を惜しげもなく晒した黒のローライズパンツ。正直、今の格好と大差はない。

そうして俺が一人納得していると、

「アレンのそれ……武士のコスプレ、よね？」

「ふむ、なるほどなるほど……」

リアとローズは、俺のコスプレ姿を頭の先から足元までジーッと見つめた。

「――うん、かっこいい。とってもよく似合っているわ！」

「あぁ、趣（おもむき）があっていい感じだ。爽（さわ）やかな青がよく映（は）えているぞ」

二人はそう言って、何故（なぜ）か満足気に頷（うなず）く。

「あはは、ありがとう」

そんな楽しい話をしていると――気付けば、開場三分前になっていた。

持ち運び式のコンロ・調理器具一式・食材・食器・飾（かざ）り付けなどなど、準備は既（すで）に万端（ばんたん）だ。

「ちょ、ちょっとドキドキするわね……っ」

「この緊張感（きんちょうかん）、悪くないぞ……」

「あはは、そうだな」

俺・リア・ローズの三人は給仕（きゅうじ）担当であり、その仕事はメニューを暗記し、簡単な接客作法を覚えること。それも昨晩までには全て済ませてあるので、今はもう静かにそのときを待つだけだ。

その後、開場まで後三十秒となったところで――院内放送が鳴り響（ひび）いた。

「――おはよう、諸君！　理事長のレイア＝ラスノートだ。わずか二週間という限られた時間で、よくぞここまで準備を整えてくれたな。さぁ、後はその成果を発揮するのみだ！　それではこれより、千刃祭の開幕を宣言する！」

そうしてレイア先生が千刃祭の始まりを告げた次の瞬間、教室の外から大きな歓声が聞こえてきた。

（な、なんだ……？）

窓の外を見るとそこには――とてつもない数の人たちが、千刃学院の校舎へ押し寄せていた。

「す、すごい人ね……っ」

「さすがは五学院の一つ、千刃学院だな……」

リアとローズの言う通り、商人の街ドレスティアの『神様通り』を思い起こさせるほどの来場者だった。

そうこうしているうちに、

「――すみません、三人なんですけど……。もう開いていますか？」

一年A組のコスプレ喫茶店に最初の客が訪れた。

それも一度に三人の女性が、だ。

「――はい、もちろんでございます。当店ではコスプレをした給仕をご指名いただけますが、いかがいたしましょうか？」

受付を担当するテッサは、自然な営業スマイルを浮かべて、よどみなく台詞を言い切った。

（やるな、テッサ……！）

その堂々とした佇まいから、彼のしてきた『陰の努力』のほどが窺えた。すると、

「え、えーっと……。それじゃ『アレンくん』でお願いします」

三人の女性客は、受付に置かれた俺の顔写真を指差した。

それを受けた俺は、テッサに負けず劣らずの自然な笑顔で接客に入る。

「――いらっしゃいませ、早速のご来店ありがとうございます。さっ、どうぞこちらへ」

俺は彼女たちをしっかりと席までエスコートし、

「ご注文は、お決まりでしょうか？」

急かさないようゆっくりとした口調で、優しく注文を聞いた。

「えーっと……。ハニートーストとカフェラテでお願いします」

「私はそうだなぁ……。タマゴサンドとコーヒーで」

「うーん……。けっこうお腹が空いているから、オムライスとカフェラテをお願いしよう

ムライスとカフェラテでございますね？」

手早く注文をメモした俺は、きちんと復唱確認したうえでオーダーを通す。後は調理担当が作った料理を運び、『一つの仕事』が完了だ。

（よしよし……イメージ通り、ばっちりだぞ！）

これなら余裕を持って、仕事を回せそうだ。

――そんな風に思っていた時期が俺にもありました。

その後、

「アレンくん、また四名様のご指名が入ったよ！」

「はい、了解しました……！」

「リアさん、お一人様のご案内お願い！」

「はい、わかりました！」

「アレンくん、今度は五名様お願いねー！」

「はい、少々お待ちください……！」

「ローズさん、二名様からご指名です」

「うむ、承知した」

「アレンくん、次は七名様からのご指名だよー！」

「は、はい……っ！」

どういうわけか、俺への指名が異常に多い。

それも女性の団体客ばかりであり、席までエスコートした後は何故かいろいろな話を振られてしまい……注文を取るのも一苦労だった。

（おそらくこれは、女性特有のネットワークが機能してしまった結果だろうな……）

女性客が女性客を呼び、うちのコスプレ喫茶はまるで女性専門店のような様相を呈していた。

それから約三時間、俺は次から次に押し寄せる女性客の相手をして、ようやく交代の時間となる。

俺・リア・ローズの三人は『午前の部』の給仕担当であり、午後からは完全に自由時間だ。

更衣室で制服へ着替えた後、俺たちは他クラスの出し物を見て回ることにした。

一番目に回るところはもう決まっている。もちろん、会長たち特製のお化け屋敷だ。

「ね、ねぇ、アレン……？　ほんとに行くの……？」

「ひ、引き返すなら、今のうちだぞ……？」

「あ、あはは。会長には『行きます』って伝えているからな」

彼女はああ見えて、かなり根に持つタイプだ。

すっぽかしでもしたら、後々厄介なことになる。

（それに何より、楽しみだしな……）

会長の話によれば、去年は十人以上が気絶したというほどのクオリティらしい。

いったいどんな仕掛けがあるのか、実はひそかに楽しみにしているのだ。

それから俺たちは人混みを掻き分けて、二年A組の教室までやってきた。

すると、そこにあったのは――。

「これは中々に仕上がっているな……っ」

A組からC組まで三教室を贅沢に使用した巨大なお化け屋敷だ。

そこにもはや『教室』の原形はない。

黒く塗られた外壁には不気味な蔦が這い回り、ところどころに爪で引っ掻いたような傷が散見され、血を模した赤黒い色が乱暴に塗られている。

（いい雰囲気だなぁ……）

これは期待できるかもしれない。

俺がそんなことを考えていると、

「「……っ」」

リアとローズは互いに手を繋いだまま、真っ青な顔をして固まっていた。

まだ中へ入ってすらいないというのに、この異様な外観だけでもう限界そうだ。

「なぁ、別に怖いなら怖いって――」

「「こ、怖くない……！」」

相も変わらず強情な二人は、口を揃えてそう主張した。

しかし、その足はカタカタと小刻みに震えており、強がっているのは誰の目にも明らかだ。

「わ、わかったわかった……。俺が悪かったよ」

リアとローズが筋金入りの負けず嫌いで、とてつもなく頑固なことはもう知っている。

早々に説得を諦めた俺は、

「――すみません、学生三人でお願いします」

「はい、ありがとうございます。足元に気を付けて、どうぞ中へお入りください」

受付で入場料を支払い――怯える二人を連れて、会長たち自慢のお化け屋敷へと足を踏み入れたのだった。

「――こちら受付。ターゲット、アレン＝ロードルが入場しました。会長、後は任せましたよ」

「――こちらシィ、了解。……ふふふっ、ようやく来たわね。いつかの雪辱を果たさせてもらうわよ、アレンくん……！」

■

扉を開けた先は、薄暗い小部屋へ繋がっていた。

「……これは」

目の前に掛けられた古い掲示板には、大きな一枚の張り紙があった。

薄明かりに照らされたそれは、このお化け屋敷の注意書きだ。

危険ですので、館内では走らないようお願い致します。

御気分が悪くなられた際は、その場で待機してください。すぐさま当館の使用人がお迎えにあがります。

一部操作系の魂装を使用した表現がございます。御留意いただきますようお願い申し上げます。

それでは――どうかくれぐれもお気を付けて、お進みください。

まるで本物のお化け屋敷みたくしっかりした注意書きに自然と期待が膨らんでいく。

「――リア、ローズ」

「は、はい……！」

「ど、どうしたんだ……!?」

少し声を掛けただけなのに、二人はビクッと肩を跳ね上げた。

（本当に大丈夫なのかな……）

ちょっと、いや……かなり心配だけど……。

当の本人たちが『怖くない！』と頑なに言い張っているため、どうしようもない。

「注意書きも読んだことだし、そろそろ先へ進もうか？」

この部屋に一つだけある扉を指差すと、

「え、ええ、そうね……っ」

「あぁ、そうだな……」

リアとローズは神妙な面持ちで重々しく頷いた。

それから俺は、三人を代表してゆっくり扉を開く。

するとその先は――左右に暗幕の下りた細い通路が続いていた。

ところどころにある薄青い照明が足元を照らし、さりげなく順路を示してくれている。

「へ、へぇ……。け、けけ、けっこう雰囲気あるじゃない……？　ぜ、全然怖くないけど……！」

「か、会長たちもやるじゃないか……っ。これっぽっちも怖くはないが……」

「あはは、確かにいい雰囲気が出ているな」

二人の強がりを微笑ましく思いながら、一歩前へ踏み出したそのとき――背後から『カチャリ』と鍵の閉まる音が聞こえた。

その瞬間、

「「ひぃっ!?」」

リアとローズは普段の二人からは考えられない悲鳴をあげた。

「これは……。なるほど、鍵を掛けられたみたいだな」

真後ろの扉を何度か引いてみたが、ビクともしない。

「ど、どどど、どうしよう……アレン!?」

「と、閉じ込め……閉じ込められたぞ……!?」

リアとローズは目を白黒させながら、俺の体を激しく揺さぶった。

ここまで動揺を見せる二人は珍しく、なんだかとても可愛らしかった。

「大丈夫だよ。ほら落ち着いて……？」

「すーはー……。う、うん……ありがと……っ」

「ふぅー……。すまない、少し取り乱してしまったようだ」

そうして二人が冷静さを取り戻したところで、

「それじゃ、そろそろ先へ進もうか」

俺たちは、ようやくお化け屋敷の奥へと進み始めた。

俺が先頭を歩き――その右後ろにリアが、左後ろにローズが続く。

二人の手は俺の制服の袖をギュッと握り締めており、とても歩きにくい。

しかし、カタカタと小刻みに震える彼女たちに「ちょっと歩きにくいんだけど……」と言えるわけもなかった。

（それにしても、さっきの『鍵の音』は不安を煽るいい演出だったな……）

人間やはり『閉じ込められた』という事実には、焦燥感や恐怖感を覚えるものだ。

そういう意味でも今のちょっとした仕掛けは、シンプルながら非常にいい『導入』だと言える。

（確か総監督はティリス先輩だったよな……）

チラリと周囲を見回せば、割れた鏡・一足だけの上履き・半開きのロッカーなどなど――間接的に恐怖を煽る小道具が目に付いた。

（どれも気の利いたものばかり、恐怖心を煽ることに余念がないな……）

さすがは去年、十人以上も気絶させたという恐怖のお化け屋敷と言ったところか。

（ふふっ、少し楽しくなってきたぞ！）

そのまま細く暗い道を進んでいくと——腰の曲がった背の低い老人に扮した生徒が、杖を突きながらゆっくりこちらへ向かって来た。

「おぉ、お前さんたち……！　もしやまだ生きておるのではないか……!?」

彼はそう言うと、こちらの返事も待たずに語り始めた。

「儂ら『死霊』は、この館の最奥にある『要石』に縛られ、成仏することができんのじゃ……。そこでお前さんたちにお願いがある。この館のどこかにある『解呪のお札』を見つけ、それを要石に貼り付けてくれんかのぅ？」

どうやら彼のお願いを聞き、館に縛られた死霊を成仏させることが、このお化け屋敷をクリアする条件らしい。

「儂のように理性ある死霊もいれば、生者を見れば見境なく襲って来る悪霊もおる……。くれぐれも注意するんじゃぞ……？」

彼はそう言って、どこかへ歩き去って行った。

「か、解呪のお札だって……」

「なるほど、まずはそれを探さねばならないようだな……」

はっきりした目的を持ったことにより、二人はお化け屋敷の世界観へのめり込んでいく。

「さて、それじゃ解呪のお札を探しに行こうか」

「うん」

「あぁ」

その後、ここの空気に慣れて来た二人は、俺と肩を並べて歩くようになってくれた。

そうして細い通路を右へ左へと進んで行くと、開けた広間に出た。

（いかにも、何か仕掛けのありそうな場所だな……）

警戒（けいかい）しつつ、広間を横切ろうとしたそのとき——凄（すさ）まじい羽音と烏（からす）の不気味な鳴き声が響（ひび）く。

「「ひぃっ!?」」

リアとローズは鋭（するど）い悲鳴をあげながら、俺の体に抱（だ）き着いた。

しかし、仕掛けはまだまだ終わらない。

四方から冷たい風が吹（ふ）き荒（あ）れ、天井（てんじょう）に貼り付けられた血まみれの人形がガタガタと動き始める。

「「あ、あ、あぁ……っ」」

二人の視線が天井へ釘付けになる一方、

(これは『下』かな……?)

俺は冷静に下の方へ視線を移す。

(あからさまに注意を引き付ける大きな人形。これはおそらく典型的な視線誘導だろう)

すると、その予想はピタリと的中した。

目を凝らして見れば――俺たち三人の足首を摑まんとする『血塗られた手』が、フワフワとこちらへ向かってきていた。

おそらくこれが、注意書きにもあった『操作系の魂装を使用した表現』だろう。

(やっぱりそう来たか。だけど、なかなかリアルな『手』だなぁ……。粘土か何かで作ってあるんだろうか?)

俺はそんなことを考えながら、忍び寄る手を軽く回避した。

そのコンマ数秒後――天井の人形に気を取られたリアとローズの両足を、血塗られた手ががっしりと摑んだ。

「「――き、きゃぁあああ!?」」

完全に上へ意識を取られていた二人は、凄まじい悲鳴をあげた。

「お、落ち着け落ち着け……! 大丈夫だから! ほら、作り物の『手』だから!」

俺がすぐにネタバラシをすると、

「ほ、ほほほ、ほんと、だ……っ」

「び、びっくりした……っ」

よほど怖かったのだろう。リアとローズは、目尻に涙を浮かべて声を震わせた。

「ほら深呼吸して、ゆっくりでいいから息を整えよう」

「う、うん……」

「あ、あぁ……そうだな……」

かなりのパニックを起こしているのだろう。

「「ひっひっふー……っ。ひっひっふー……っ」」

二人は同時に間違った呼吸法を実践していた。

(まぁ落ち着いてくれるなら何でもいいか……)

そうして彼女たちが、徐々に落ち着きを取り戻し始めたそのとき、

「「ひっひっ……ひぃ!?」」

天井から一本の巻物が降ってきた。

床に転がったそれを拾い上げ、中身を軽く確認する。

「……なるほど、ここの地図か」

巻物にはこのお化け屋敷の見取り図が描かれており、一か所だけ『赤いバツ印』が記されていた。おそらくここに、解呪のお札があるのだろう。

(それにしても上・下・上、か……)

意識をあちこちへ向けさせる巧い仕掛けだ。

「よし、それじゃ先を急ごうか」

「「う、うん……っ」」

あまり長居すると、二人が今日寝付けなくなってしまいそうだ。

(……もしかしたら、もう手遅れかもしれないけど)

俺はそんなことを考えながら、解呪のお札探しを再開した。

(くっ、さすがはアレンくん……。まさか今のネタさえ、見破ってくるなんて……っ)

(どうするシィ……!? やはり彼はかなりの強敵だぞ!?)

(こ、このままじゃ普通に突破されそうなんですけど……!?)

(だ、大丈夫よ……。まだまだ仕掛けはあるんだから……!)

■

その後、リアとローズは様々な仕掛けに苦しみながら、なんとかお化け屋敷を進んで行く。

リアは俺の右腕に、ローズは左腕に、それぞれがっしりとしがみ付いて離さない。

そもそも歩きにくいという問題はあるけれど、それよりももっと大変なことが起こっていた。

（……っ）

さっきから腕に当たる柔らかい感触が、気になって仕方がない。

一応、何度か離れようとはしてみたんだが……。彼女たちは決してそれをよしとしなかった。

そんななんとも言えない状況のまま、しばらく細い通路を進んで行けば、大きく開けた場所に出た。

（……ここが目的地で間違いないな）

手元の地図を見る限り、今いるこの場所にしっかりと赤いバツ印が付いている。

（しかし、本当によく作り込まれているな……）

そこはお寺のような場所だった。

正面に本堂とその左右に大きな塑像。そして本堂の真ん前には賽銭箱といかにもな白いお札が飾られている。

おそらくアレが解呪のお札だろう。

「あ、あった……っ。あったわよ、アレン……！」

「やったぞ、これさえあれば……！」

ようやく目当てのものを見つけた二人は、喜び勇んで駆け出した。

だが、こんなあからさまな場所に仕掛けがないわけがない。

「ふ、二人とも待て！」

咄嗟に制止を呼び掛けたが、恐怖と喜びに揺れるリアとローズの耳には届かなかった。

「やったわ！　解呪のお札ゲットよ！」

「よし、これで後は要石を見つければ……！」

お札を手にした二人が、会心の笑みを浮かべたそのとき、

「——返せぇええええぞぞぞっ！」

二人の真後ろにあった賽銭箱から、血まみれの女性が飛び出した。

「「……い、いやぁああああああああああああ!?」」

恐怖の臨界点をぶち抜いた二人は、お化け屋敷の奥へ全速力で駆け出していく。

「ちょっ、リア!?　ローズ!?」

……行ってしまった。

一応これは会長たちが作ったお化け屋敷だから、おそらく二人に危険はないだろう。

「でもまぁ、二人とも頑張ったな……」

怖いのが心底苦手なのに、よくもまぁ今の今まで耐えていたものだ。

リアとローズの根性に惜しみない称賛を送りつつ、俺は一人お化け屋敷の奥へ進み、会長たちが準備した様々な仕掛けを堪能した。

「これで終わり、かな……？」

館の最奥にあった要石に解呪のお札をペタリと貼り付けた。

すると――教会で流れていそうな静謐な音楽が響き、要石の先にある扉がゆっくりと開かれた。

どうやらあの先が出口のようだ。

（うん、予想していたよりもずっと楽しかったな）

お化け屋敷のクリア条件を達成した俺は、光の射す出口へ向かった。

すると次の瞬間、

「――わぁっ！」

白い幽霊装束を纏った会長が、柱の陰から飛び出してきた。

予想通りの展開だったので特に驚きはない。

「――お疲れ様です、会長。凝った小道具に意識の隙を突いた仕掛けの数々、とても楽しかったです」

俺が率直な感想を伝えると、

「あ、ありがと……って、そうじゃなくて……ッ！」

彼女は一瞬キョトンとした後、すぐにムッと不機嫌な顔を見せた。

「どうしてたったの一つも驚いてくれないの！　今だってそう、普通の神経をしてたら絶対に『無反応』はあり得ないと思うんだけれど⁉」

会長はもう破れかぶれといった様子で、理不尽な怒りをぶつけてきた。

「あ、あはは、すみません……」

俺は苦笑いを浮かべつつ、ポリポリと頬を掻く。

確かに最後の原始的な驚かしは、素晴らしい不意打ちだった。

お化け屋敷の仕掛けが全て終わったように見せかけ、緊張に凝り固まった心が弛緩する瞬間を、心理的死角を突いた見事な一撃。

しかし――。

「柱の陰から会長のいいにおいがしていましたので、隠れているのがわかっちゃいました」

人間は予想外のことに驚く。逆を言えば、予想していたことにはあまり驚かない。

「い、いいにおい……っ」

自らの失策に気付いたのか、彼女は頬を赤く染めた。

「それじゃ俺は、リアとローズを探さないといけないので――失礼します」

こうして俺は、会長たち特製の三教室ぶち抜きお化け屋敷を無事クリアしたのだった。

■

お化け屋敷を堪能した俺は、大きく体を伸ばす。

「んー……っ」

ずっと薄暗い部屋にいたので、窓から入る陽の光が眩しい。

「――さて、リアとローズを探さないとな」

とりあえず、二人の行きそうな場所に行ってみるとしよう。

(リアは食堂、ローズは修練場あたりかな……)

だいたいの当たりを付けてから、ひとまず食堂の方へ足を向けると――前方の女子トイレからリアとローズが出てきた。

どうやら遮二無二走り回るのではなく、一か所にまとまってくれていたようだ。

「――リア、ローズ、よかった!」

俺は手を振りながら、二人の元へ駆け寄った。すると、

「『……泣いてないから』」

二人は小さな声で何事かを呟いた。

「……え？　悪い、聞こえなかった。もう一度言ってくれないか」

「『だから、泣いてないから……！』」

「あ、あぁ……。大丈夫、わかってるよ」

リアとローズが女子トイレで泣いていたことは、すぐにわかった。

その赤く腫れた目を見れば、一目瞭然だ。

「……そう」

「……ならばいい」

二人はそう言うと、そっぽを向いたまま黙りこくった。

「……」

「……」

「……」

なんとも言えない沈黙が降りる。

（なんでもいいから、二人を元気付けてあげないとな……）

せっかくの千刃祭。このまま沈んだ空気で過ごすのは、あまりにもったいない。

こういうときに手っ取り早く空気を変える方法と言えば……やはり『アレ』だろう。

「――あっ、そういえば……二年F組がおいしいチョコバナナのお店を出してるって聞いたぞ」

「……！」

リアの眉尻がピクリと動いた。

（……釣れたかな？）

彼女は食べ物に目がない。元気がないときは、この手の話題を振れば一発だ。

「ちょうど小腹も空いてきたし、食べに行かないか？」

そうして俺がもう一押しすると、

「……食べる」

リアはコクリと頷いた。

「よし、決まりだな。ローズはどうする？　何かお腹に入れれば、きっといい気分転換にもなると思うんだけど……」

「そう、だな……。私もいただくとしよう」

彼女も俺の意見に賛同してくれた。

こうしてひとまず行動方針を定めた俺たちは、二年F組へ向かったのだった。

■

お化け屋敷の前を通らないよう遠回りして、長い廊下をしばらく歩くと——目的地へ到着した。

「おぉ、けっこう賑わっているな」

教室の前には、十人以上の長い列ができていた。

少し背伸びをして見れば、ちょうどチョコバナナを作るところが目に入った。

湯煎したトロトロのチョコをバナナに掛け、そこへ赤・黄・緑・白・黒とカラフルなチョコスプレーで彩りを加えて——完成だ。

「お、おいしそう……！」

それを見たリアは、子どものように目をきらきらと輝かせた。

「それじゃとりあえず並ぼうか」

「うん！」

列の最後尾に並んで少し待つと、案外すぐに自分たちの番が回ってきた。

「——お待たせ致しました。チョコバナナ専門店『チョコっとバナナ』へようこそ！」

受付の女生徒が、気持ちのいい挨拶で迎えてくれた。

「えーっと、チョコバナナを一つお願いします」

「私も一つ頼む」

俺とローズが一つずつ注文する一方、

「うーん……。この後どこに寄るかもわからないし……とりあえず、五つでお願いします」

リアは五本指を立てて、貫禄のオーダーを放つ。

「い、『五つ』ですか……？　一つではなく……？」

馬鹿げた注文を耳にした受付は、目を白黒とさせていた。

おそらく自分の聞き間違い、もしくは客の言い間違いかと考えたのだろう。

まぁそれも無理のないことだ。こんなにスタイルのいい彼女が、まさかそんなにたくさん食べるとは思わない。

「……？　はい、五つでお願いします」

リアは小首を傾げながら、同じ言葉を繰り返した。

彼女に自分が大食いだという意識は皆無であり、『チョコバナナ五つ』という注文に対してなんの感慨も覚えていない。

「か、かしこまりました……っ」

聞き間違いでも言い間違いでもないことを理解した受付の女生徒は、慌てて料理場へオーダーを伝えに行った。

（しかし、様子見で五つか……）

さすがはリア。

たとえお化け屋敷で気分が落ち込んでいても、その食欲には些かの衰えも見られない。

その後、合計七つのチョコバナナを受け取った俺たちは、人の少ないところへ移動する。

そして――三人同時にチョコバナナをかじった。

「――おっ、これはいけるな」

「うーん……ッ！　チョコとバナナの組み合わせって反則よね！」

「あぁ、甘いものはやはり落ち着く」

リアとローズは、幸せそうにチョコバナナを頬張っていく。

そんな二人を横目で見ながら、俺はホッと一息をついた。

（もう、大丈夫そうだな）

お化け屋敷で刻まれた怖い思い出は、チョコバナナで吹き飛んだようだ。

（だけど、来年はしっかり止めないいとな……）

会長たちは、みんな二年生。つまり、彼女たちの千刃祭はまだもう一回残っている。

きっと来年は、さらにパワーアップしたお化け屋敷を準備してくるに違いない。

もしまたリアとローズが『怖くない！』と言って、お化け屋敷に入ろうとしたときは

――今回のことを例に挙げてしっかり止めよう。

（……それにしても、人生本当にどうなるかわからないな）

ほんの数か月前まで、俺は地獄のような場所にいた。

嫌われ、蔑まれ、無視され――誰からも必要とされず、誰からも相手にされない。グラン剣術学院という狭く閉鎖された社会。

いじめられていることを母さんに打ち明けようと、ゴザ村へ足を運んだこともあった。

（だけど、言えなかった）

手を泥だらけにして、額に大粒の汗を浮かべ――俺の学費のために働いてくれる母さんに、それ以上迷惑を掛けることなんてできなかった。

そうして俺は寮へ引き返し、また地獄のような学院へ戻る。

（それが、今じゃどうだ？）

俺みたいな落第剣士が、かの有名な『五学院』が一つ千刃学院へ通っている。

そのうえ、リアとローズという掛け替えのない大事な友達ができた。

しかも、それだけじゃない。テッサをはじめとしたA組のみんな、会長・リリム先輩・ティリス先輩、その他いろいろ良くしてくれる上級生の先輩方。

いつの間にか、俺はたくさんの仲間に囲まれていた。

（あぁ、楽しいなぁ……）

いつまでもこんな時間が続けばいいのに——そんな年寄りじみた考えが、最近になって脳裏(のうり)をよぎるようになった。

「……どうしたの、アレン？」

リアは心配そうな表情を浮かべ、ジッとこちらを見つめた。

「え、あ、悪い……ちょっとボーッとしてたみたいだ」

「何かつらいことでもあったの？　とっても悲しい顔をしていたよ？」

「悲しい顔？」

おかしいな。さっきは楽しくて幸せな『今』を思っていたはずなのに……。

「……もう一つ食べる？」

彼女はそう言って、自分のチョコバナナを差し出してきた。

（あのリアが、自分の食べ物を差し出すなんて……）

どうやらさっきまでの俺は、よほど悲痛な顔をしていたようだ。

「ありがとう。でも、気持ちだけで十分だ。——そんなことよりも、せっかくの千刃祭だ。もっと別のところを見て回ろう！」

少し重くなった空気を吹き飛ばすよう、明るく元気に立ち上がる。

「ええ、そうね！」

「あぁ、そうしよう」

それから俺たちは射的に輪投げ、くじ引きにスタンプラリーなど、様々な出し物を楽しんだ。

その間リアは、りんご飴（あめ）・焼きトウモロコシ・ホットドッグ・焼きそば・クレープなど、目に付いたものは全てお腹に収めていく。

よくそれだけ食べて、そんな美しいスタイルを維持（いじ）できるものだとつくづく感心させられた。

「――あはは！　楽しいね、アレン！」

「ふっ、やはり祭りというのはいいものだな」

リアとローズは絶えず笑みを浮かべ、心の底から千刃祭を楽しんでいた。

そうしていろいろな出し物を回っていると、

「――アレは何かしら？」

リアは、校庭の真ん中にできた人だかりに視線を向けた。

「確かに、何だろうな……？」

人だかりの中心には一段高くなった特設舞台（ぶたい）があり、そのうえで二人の剣士が睨（にら）み合っている。

「ふむ、どうやらアレは三年B組の『道場破り』という出し物らしいな」

ローズはパンフレットを見ながら、ポツリと呟いた。

「『道場破り？』」

「あぁ。剣術自慢の三年生ジャン＝バエルに勝てば、『豪華賞品を一つプレゼント』というものらしい。まぁ早い話が『道場破りを体験できる出し物』だな」

「『……なるほど』」

『剣術自慢』か……。一人の剣士として、沸々と興味が湧きあがってきた。

「ふーん……。ちょっと面白そうじゃない、行ってみましょう」

「どれほどの腕前か、少し気になるな」

リアとローズの目は、剣士としての鋭い光を放っていた。

俺と同じく『剣術自慢』という単語に引っ掛かったみたいだ。

「よし、それじゃ次は道場破りを見に行こうか」

「うん！」

「あぁ」

それから俺たちは千刃学院の校舎を抜け、校庭の中央にある特設舞台へ到着した。

「――そこまで！　勝者、ジャン＝バエル！」

どうやら、ちょうど試合が終わったようだ。

「すっげぇ……。四十九戦四十九勝だってよ……っ」

「さすがに強えな。『剣術部部長』の称号は伊達じゃねぇ……」

「くそっ、端っから賞品を渡す気なんてないじゃないか……」

観客たちの歓声に紛れて、いくつかの恨み言がまじっていた。それをこぼした人たちは、みんな大なり小なり怪我をしている。

おそらく道場破りに挑み、ジャン＝バエルさんに敗れたのだろう。

（しかし、四十九戦四十九勝か……）

全戦全勝。それも四十九戦という長丁場を戦いながら、だ。

（剣術自慢という触れ込みに、間違いはなさそうだな）

俺がそんなことを考えていると、

「み、見て、アレン！」

突然リアが俺の肩を叩き、『豪華賞品』と書かれた透明な箱を指差す。そこには、商品券や業物の風格を放つ剣など、様々な品々が収められていた。

（確か道場破りに成功すれば、あの中から好きなものを一つもらえるという話だったな）

そんなことを思い出しながら、ぼんやり豪華賞品を眺めていくと、

「あぁ、アレか」

リアがいったい何に興奮しているのか、すぐにわかった。

「か、カバ……！　カバのぬいぐるみだよ！」

彼女は鼻息を荒げ、俺の服の袖を引っ張った。

「あはは、そうだな」

リアはこう見えて、可愛いものに目がない。

特にぬいぐるみが大好きなようで、私室にもたくさん飾られている。

たまにお気に入りのクマのぬいぐるみへ、話し掛けていることがあるけれど……。そのときは、何も見なかったことにしている。

「ねぇ、アレン……あのぬいぐるみ、取って……？」

リアは伏し目がちに、そんなお願いをしてきた。すると、

「リアが自分で取るのは駄目なのか？」

横合いから、ローズの至極真っ当な疑問が飛んだ。

「わ、私はアレンに取ってもらって……。なんというかその……ぷ、プレゼントして欲しいの！」

リアは顔を赤くして叫ぶ。

「あはは、わかったよ。取れるかどうかはわからないけど、頑張ってみるさ」

「……！　あ、ありがとう！」

それから俺は人混みを分け入って、道場破りの受付へ向かった。

「すみません、道場破りに挑戦したいんですが……」

そうして受付の男子生徒へ声を掛けると、

「はい、それではこちらで受け付け、を……!?　や、やはり来たな、アレン＝ロードル……！」

彼は大きく目を見開き、バッと後ろへ跳び下がった。

「……え？」

よくわからない事態に困惑していると、

「部長！　やはり潰しに来ました……。奴です、アレン＝ロードルです！」

受付は大きくそう叫び、周囲の目が一気にこちらへ集中する。

「……ほぅ、やはり来たか。噂通り、金には目がないようだな」

舞台上に立つ剣士――ジャン＝バエルさんは、こちらを睨み付けた。

（か、『金には目がない』って……）

どうやらまた、とんでもない噂がでっち上げられているようだ。

俺の噂にはいろいろな尾ひれが付き過ぎて、それはもう無茶苦茶なものがたくさんある。

（最初の頃は、訂正したりもしていたが……）

近頃はもう収拾が付かなくなってしまったので、完全に放置していた。

「――さぁ、舞台へ上がるといい。君とは一度、剣を交えたかったのだ」

ジャンさんはそう言って、こちらに竹刀の先を向けた。

ご指名を受けた俺が、ひとまず特設舞台へ上がったその瞬間――実況解説の女性が大声を張り上げる。

「さぁさぁ、ついにやって参りました！　挑戦者は、みなさまご存知――アレン＝ロードルゥウウウウ！　彼はあの白百合女学院の『神童』イドラ＝ルクスマリアを破ったほどの実力者！『一年生最強』の呼び声も高く、今や千刃学院を代表する剣士です！」

さらに続けて、ジャンさんの紹介へ移った。

「対するは三年B組、剣術部部長――ジャン＝バエル！　ここまで四十九戦四十九勝！圧倒的な剣術が自慢の超凄腕剣士です！」

両者の紹介が終わったところで、ちょっとしたルール説明が始まる。

「ルールは簡単、竹刀を用いた一対一の真剣勝負！　ただし、安全面に配慮して魂装の使用は禁止させていただきます！」

説明が終わり、先ほどの受付から一本の竹刀が手渡された。

「両者準備はよろしいでしょうか？　それでは——はじめ！」

こうして剣術部部長ジャン＝バエルさんとの真剣勝負が始まった。

■

試合開始の合図と同時に、俺は竹刀をへその前に置く——正眼の構えを取った。

対するジャンさんも鏡合わせのように同じ構えだ。

ジャン＝バエル。

千刃学院の制服を身に纏った背の高い剣士だ。おそらく百八十センチほどはあるだろう。

真っ黒な短髪。整った顔立ち。目があまりよくないのか、銀縁の眼鏡を掛けていた。

（剣術部『部長』か……）

いったいどんな剣を振るうのか、正直かなり興味がある。

「——アレン＝ロードル。副部長のシルティから聞いたぞ。剣術部の勧誘を断ったそうじゃないか」

「え、ええ、まぁ……」

シルティ＝ローゼット、剣術部副部長を務める二年生の女剣士で、円心流という『守りの剣』を得意としていた。

（だけど、新勧のアレは、果たして『勧誘』と言えるだろうか……？）

シルティさんとは、五月の新勧で一度手合わせをしたことがある。

（確か、リアとローズと一緒に剣術部の活動を見学しているときだったっけか……）

突然体育館の出入り口を封鎖され、立ち合いを強要されたのだ。

（……うん、やっぱりアレは勧誘というより監禁だよな）

少し昔のことを思い返していると、ジャンさんは話を進めた。

「一度は断られてしまったが……。それでも俺は、ぜひとも君に剣術部へ入ってもらいたい」

「……え？」

いきなりの勧誘に目を丸くしていると、彼は剣術部の現状を語り始める。

「悔しいことに剣術部は今、『草刈り場』にされている。苦労して有望な一年生を獲得し、いい具合に育て上げたところで――横から掻っ攫われるんだ……っ」

ジャンさんは歯を食いしばり、固く拳を握った。

「それは酷いですね……」

部活動の予算は『部費戦争』で決定する。剣術部のような規模の大きい部は、そこでしっかりと予算を獲得しなければ、活動が大きく制限される。そのため、有望な一年生が横取りされるという状況は、部の存続を揺るがす危機と言えるだろう。

「しかし、いったい誰がそんなことを……？」

「あの世紀の悪女、生徒会長シィ＝アークストリアだ……！」

「か、会長が……!?」

彼女に限ってそんなこと……いや、やりかねないな。

（……うん。あの人なら、なんの躊躇もなくやるだろう）

脳裏をよぎったのは、ポーカー勝負での一件。

会長は優しい笑みを浮かべながら、平気で『ギミックカード』というイカサマを行った。

彼女にはああ見えて、少し腹黒いところがある。

「――生徒会書記リリム＝ツオリーネ、会計ティリス＝マグダロート。あの才気溢れる二人は元剣術部なんだ……」

ジャンさんは遠い目をしながらポツリと呟く。

「そうなんですか？」

それは初めて耳にする情報だ。

「あぁ、彼女たちは将来剣術部を背負って立つはず……だった。しかし、いったいどんな手を使ったのか、あの憎(にく)きシィ＝アークストリアが横取りしたんだ……っ」

「な、なるほど……」

そういえば会長が、『二人とも私がスカウトした』と言っていたっけか。

「そして今年度は――君だ」

ジャンさんはそう言って、こちらに指を差した。

（確かに生徒会へ入ったけれど……）

そもそも剣術部に入るつもりはなかったし、これは『横取り』じゃないだろう。

「はっきりと言わせてもらおう。君は今、間違(まちが)った方向に進んでいる！」

「え、えーっと……。間違った方向、ですか……？」

「あぁ、いろいろと調べさせてもらったよ。曰(いわ)く、三度の飯より血と暴力を好む男。曰く、素振(すぶ)り部という怪(あや)しい宗教団体の開祖。曰く、金に目がない欲望(よくぼう)の塊(かたまり)。アレン＝ロードルという剣士の評判は、どれも碌(ろく)でもないものばかりだった」

ジャンさんは静かに首を横へ振った。

「あ、あはは……。確かに無茶苦茶ですね……」

まさかそこまで酷いことになっていたとは……。さすがにこれは、何か手を打たなければならない。

「しかし、今こうして対峙してよくわかった。君は本来、とても心の綺麗な純朴な剣士だ」

「え、えっと……ありがとうございます？」

返答に窮した俺は、とりあえずお礼を言った。

「そのまま教本に載せられそうなほど美しい正眼の構え、広い視界を確保した遠山の目付、重心を気取らせない立ち姿。どれも一朝一夕で身に付くものではない。きっと、これまで膨大な時間を剣術に注いで来たのだろう」

だいたい十数億年ほど、注いできました。

「そんなたゆまぬ努力の果てにある君の美しい剣が、あの世紀の悪女によって汚されている……！　君のその曲がった性根、この俺が叩き直してくれよう……！」

すると次の瞬間、

「——キィエエエエエエエッ！」

気迫の籠った雄叫びをあげ、彼は一直線に駆け出した。

「連牙流——十連刃ッ！」

首・胸部・腹部、正確に急所を狙った連撃が迫る。

「……」

俺はそれらを軽くいなしながら、前回の『死闘』を思い出していた。

（ジャンさんの剣は、決して遅くない。むしろその逆、さすがは剣術部の部長だと言えるほどに速い……と思う）

でも、イドラさんと比べると……少し物足りない。

「く、やるじゃないか……！」

彼の攻撃を全ていなしたところで――俺は反撃の一撃を放つ。

「八の太刀――八咫烏ッ！」

研ぎ澄まされた一撃は八つの斬撃となり、

「速……ッ!?　が、はぁ……」

ジャンさんの全身を激しく斬り付けた。

「「「……っ」」」

先ほどまで盛り上がっていた観客は、水を打ったように静まり返る。

「じゃ、ジャン＝バエル戦闘不能！　よって、勝者アレン＝ロードル！　ま、まさに圧倒的！　まだ一年生でありながら、三年生を軽く一蹴するその姿には恐怖すら覚えます！」

道場破りに成功した俺が、特設舞台から降りようとしたそのとき、

「なっ!?」

「まだ、だ……っ」

俺のズボンの裾をジャンさんがガシッと握り締めた。

「本、当、の、千、刃、祭、は、ま、だ、こ、れ、か、ら、だ、ぞ……っ」

彼はそう言って、静かに意識を手放した。

（『本当の千刃祭』……？）

いったいどういう意味だろうか？

俺がそんな疑問を抱えながら舞台を降りると、

「さすがはアレン、圧勝ね！」

「剣王祭を経験し、またさらに強くなったようだな」

リアとローズは、どこか誇らしげな表情を浮かべていた。

それから俺は戦利品として、大きなカバのぬいぐるみをいただく。

「ほら、リア。お望みのカバのぬいぐるみだ」

「ありがとう、アレン……とっても嬉しいわ！」

「そうか、喜んでもらえて嬉しいよ」

「うん、一生大事にするわね！」

リアはまるで子どものような笑みを浮かべ、ギュッとぬいぐるみを抱き締める。

「……よし、決めた！　あなたの名前は『カバゾウ』よ！」

彼女は早速カバのぬいぐるみに独特な名前を付けた。

そのネーミングセンスについて、少し思うところもあったが……。せっかく喜んでいるところに水を差すのもどうかと思われたので、口をつぐんでおくことにした。

それから俺たちは様々な出し物を楽しみ——気付けば、あっという間に千刃祭の終了時刻である十七時となっていた。

一般来場客はぞろぞろと帰宅していき、残された千刃学院の生徒たちは後片付けだ。

俺は一年A組のみんなと楽しく話しながら、教室の装飾を剝がしていく。

「三年のホットドッグ、めちゃくちゃうまかったんだよなぁ……。くそ、やっぱりもう一本食っておくべきだったぜ」

「二年のチョコバナナ食べたか？　あれは絶品だったぞ！」

「お化け屋敷　超怖かったよねぇ……。私、腰が抜けちゃうかと思ったもん……」

後片付けを進めながら、今日一日の思い出に花を咲かせる。その時間は楽しくもあったけれど、やっぱりどこか寂しくもあった。

それから一時間ほどが経過し、いつも通りの一年A組の教室に戻ったところで院内放送が鳴った。

「——ゴホン、理事長のレイア＝ラスノートだ。生徒諸君、今日は本当にご苦労だったな！　私も全ての出し物を回らせてもらったが、どれも素晴らしかったぞ！　来場者アンケートの評価も非常に高い。今年度の千刃祭は大成功と言えるだろう！　これにて表の千刃祭は終了とする！　――さぁ、それではお待ちかねの『裏千刃祭』と行こうか！　祭りの夜はまだまだ長いぞ！」

レイア先生の大声が響いた次の瞬間、

「「――うぉおおおおおおおお！」」

校舎のあちこちから、地鳴りのような雄叫びが響いた。

「う、裏千刃祭……!?」

「な、なんだそりゃ？　そんな話、聞いてねぇぞ!?」

クラスがざわつく中、俺はさっきの一幕を思い出していた。

（ジャンさんの言っていた『本当の千刃祭』は、これのことか……）

どうやら祭りはまだ終わらない。いや、むしろこれからが本番のようだ。

■

その後、院内放送で裏千刃祭の概要とルールが語られた。

裏千刃祭とは、千刃祭でのみ使用される通貨『ジン』の奪い合い。

各クラスの生徒は、出し物で稼いだジンを一人最低千ジン以上持たなければならない。

また参加は『個人』ではなく、『クラス』単位。

終了アナウンスが鳴った時点で、最もジンを獲得したクラスの勝利。

一般客がいないため、魂装の使用は自由。

闇討ち・不意打ち・一対多数、なんでもありの真剣勝負。

（つまり早い話が、学院全体を利用した実戦というわけだ）

そしてこの裏千刃祭を勝利したクラスには、多額の賞金と『千刃学院最強』の称号が贈呈されるらしい。

「――さて、ルール説明は以上だ。裏千刃祭の開始時刻は十九時、終了時刻は一時間後の二十時。開始と終了の合図は、いつものチャイムとする。それでは諸君の健闘を祈っているぞ！」

そうして院内放送は、ブツンと打ち切られた。

静かに放送を聞いていたみんなの目には、熱い闘志が燃え滾っている。

「へへっ、やっぱり千刃学院は最高だな……！」

「あぁ、まさか祭りの最後にこんな熱いイベントがあるとはな……！」

「確かに賞金も欲しいけど、狙いはやっぱり『千刃学院最強』の称号よね！」

男女問わずして血の気の多いみんなは、まさにやる気満々といった様子だ。

「アレン、絶対に勝つわよ！」

「先輩だろうが、負ける気はない……！」

リアとローズもかなり乗り気なようだ。

「あぁ、一緒に頑張ろうな」

それから俺たちは、コスプレ喫茶で得たお金――『ジン』を全員で山分けし、静かに開始の時を待った。

「ふぅー……っ」

大きく息を吐き出し、呼吸を整えていると――テッサがポンと肩を叩いてきた。

「なぁおい、アレン。どっちがより多くのジンを稼ぐか、一つ勝負しねぇか？」

「あぁ、面白そうだな。もちろん、構わないぞ」

「へへっ、そうこなくっちゃな！」

二人でそんな話をしていると――キーンコーンカーンコーンとチャイムが鳴り響いた。

ついに裏千刃祭が開幕したようだ。

「――よっしゃぁ、それじゃいっちょ暴れるぜ！」

テッサが勢いよく扉を開いた次の瞬間――彼の腹部に氷の棒が深々と突き刺さった。

「が、はぁ……っ!?」

「「て、テッサ!?」」

意識の外から強烈な一撃を食らった彼は、白目を剥いて倒れ伏す。

残念ながら、戦闘続行は難しいだろう。

「くそ、誰だ……!」

教室を飛び出すとそこには、

「こ、これは……!?」

一年A組を取り囲む、大勢の先輩たちの姿があった。

それも十や二十ではない。百を超える――四クラス以上にもなる大連合だ。

「へっ、やっぱりまずは『一番強ぇとこ』を叩かねぇとな……!」

「その通りだ。アレンくんを潰さない限り、うちらに勝ち目はない」

「一年生を相手にちょっと大人げないが、こればっかりは『真剣勝負』なんでな……!」

彼らはそう言って、それぞれの魂装を構えた。

(まさかいきなり『潰し』に来るとはな……っ。それにこの数を捌くのは、さすがに骨が折れるぞ……)

俺が強い焦りを感じていると、

「征服せよ――〈原初の龍王〉ッ!」

「染まれ――〈緋寒桜(ひかんざくら)〉ッ！」

黒白(こくびゃく)の炎(ほのお)と鮮(あざ)やかな桜吹雪(さくらふぶき)が、目の前の先輩たちを瞬(またた)く間に呑(の)み込んだ。

「ふふっ、真っ先に一年A組を潰しに来たのはいい判断だけれど……百人ぽっちで足りるかしら？」

「どれ、桜華一刀流(おうかいっとうりゅう)の錆(さび)にしてくれようか……！」

魂装を展開したリアとローズが不敵な笑みを浮(う)かべたその瞬間、

「暴れろ――〈暴風王(ストーム・キング)〉ッ！」

「吸い尽(つ)くせ――〈不死の蠕虫(アンデッド・ワーム)〉ッ！」

「解体(ばら)せ――〈快楽の医師(プレジャー・ドクター)〉ッ！」

二人に勢い付けられたA組のみんなが、次々に魂装を展開していった。

（……そうだ。俺は何も一人で戦うわけじゃない！）

一人ではなく、みんなと戦う。――なんて心強いことだろうか。

「アレン、行くわよ！」

「さぁ行くぞ、アレン！」

リアとローズの視線を受けた俺は、

「あぁ！」

漆黒の闇を纏い、百人を超える先輩たちへ斬り掛かった。

■

その後――なんとか俺は、先輩たちの強襲を払いのけることに成功した。

「くそ、化物かよ……っ」

今しがた八咫烏を食らった先輩は、静かに意識を手放す。

「ふぅ、さすがに手強かったな……」

汗をぬぐい、周囲をグルリと見回す。

「「……っ」」

するとそこには、五十人以上の先輩方が倒れ伏していた。

残りの半分は、A組のみんなが受け持ってくれている。

（先輩たちはみんな手練れだけど、向こうにはリアとローズがいる。きっと大丈夫だろう）

あの二人はとてつもなく強い。おそらく今頃は、無事に勝利を収めているはずだ。

「さて、それじゃいただくとしようかな」

先輩たちの財布から、次々にジン紙幣を抜き取っていく。

（別に現金を盗んでいるわけでもないし、ルール上おかしなことはしていないんだけど……）

意識を失った人の財布を漁るというのは、少しだけ心の痛む行為だった。

（……とはいえこれは、裏千刃祭という真剣勝負。それもクラス全体で挑む団体戦だ）

みんなの足を引っ張るわけにはいかない。そう自分に言い聞かせながら、俺は手早くジンを回収していった。

「これでよしっと。……うん、けっこう集まったな」

大量のジン紙幣を制服のポケットへ詰め込み、A組のみんなと合流しようとしたそのとき、

「――ふっふっふっ。御機嫌よう、アレンくん！　五十人との連戦を終えて、体の調子はいかがかな？」

「疲れているとこ悪いけど、相手してもらいたいんですけど……」

渡り廊下から、リリム先輩とティリス先輩の声が降ってきた。

「……ここで先輩ですか」

既に剣を抜き放った二人は、いくつもの太刀傷が走る俺の体を見て――満足気に微笑む。

「けっこうけっこう！　いい具合に弱っているね！」

「真っ向勝負じゃまず勝てない。だから、ちょっと卑怯な手を取らせてもらうんですけど」

どうやら二人は、漁夫の利を狙っていたらしい。

「すみませんが、俺はまだまだいけますよ……？」

俺は怪我をした箇所へ闇を集中させ、あっという間に完治させた。

「「な……っ⁉」」

リリム先輩とティリス先輩は、大きく目を見開いた。

「へ、へぇ、その闇に治癒能力があるなんて知らなかったよ……っ。アレンくんも人が悪いな、隠していたのか？」

「いえ、俺もつい最近知ったばかりなんですよ」

闇の治癒能力を発見したのは、イドラさんとの戦いのときだ。何も別に隠していたわけじゃない。

「さて、それじゃやりましょうか？」

先ほどの負傷から全快した俺が、笑顔で一歩前へ踏み出したその瞬間、

「ちょ、ちょっとタンマ……！」

「ま、待って欲しいんですけど……！」

二人は慌てて制止の声を掛け、小さな声で相談を始めた。

「ど、どうするよ、ティリス……っ。無傷のアレンくんには、絶対勝てないぞ⁉」

「実際、無謀過ぎる戦いなんですけど……っ。でも、ここで引いたらシィが超絶うるさい

んですけど……」

「……一応、アレンくんの闇は無限じゃない。接近戦を避けて遠距離主体の攻撃をして……霊力切れを狙うか？」

「残念、絶望的なお知らせ。アレンくんの霊力の量は、あの黒拳レイア＝ラスノート以上らしいんですけど……」

「……あいつは無敵か？　完璧超人なのか……？」

リリム先輩とティリス先輩は、時折チラチラとこちらを見ては顔を真っ青に染めていた。

（二人が何を話しているかはわからないけど……）

やるならば、早くやってしまいたい。

こんなところでモタモタしていると、また別の先輩に目を付けられてしまう。

「――来ないのならば、こっちから行きますよ？」

そうして俺が剣を抜き放ち、さらに一歩前へ進むと、

「くっ、こうなればヤケだ！　先輩の意地を見せてくれる……！」

「私が攻めるから、リリムには足止めを頼みたいんですけど……！」

二人は同時に魂装を展開し、壮絶な戦いの幕が切って落とされたのだった。

■

リリム先輩たちとの戦いは熾烈を極めた。

二人は決して真っ向から斬り合おうとせず、遠距離攻撃を主体に攻めてきた。

苦手な遠距離戦に加え、俺の手の内は全て筒抜け――当然、かなりの苦戦を強いられることになった。

そして激しい戦いの結果、

「く、そ……見事だ、ぜ……っ」

「いや、さすがに……強過ぎなんですけど……っ」

俺はなんとかリリム先輩とティリス先輩を打ち倒した。

「はぁはぁ……っ」

二対一ということもあったけれど、さすがに彼女たちは強かった。

息の合った連携で互いの隙を補い、ひたすら俺の苦手な遠距離戦を仕掛け続ける。勝ちに拘った、とても優れた戦略だった。

(……どこかで体を休めないとな)

五十人斬りした直後、生徒会メンバー二人との激戦。

(さすがに少し、闇を使い過ぎたな……)

まだ余力はあるものの、いつまた何が起きるかわからない。休めるうちに、しっかりと休んでおいた方がいいだろう。

（身を隠す場所となると……あそこだな）

そうして目的地を決めた俺は、リリム先輩とティリス先輩の財布からジン紙幣を抜き取り、静かにその場を立ち去った。

先輩たちの目を掻い潜りながら、俺がこっそりと足を運んだのは——生徒会室。

あそこは他の教室から少し離れた場所にある。

裏千刃祭で盛り上がっている中、わざわざあんなところへ向かう人なんていないだろう。

「ふぅ……。これでようやく一息つけるな……」

生徒会室に入った俺が、ホッと安堵の息をついたそのとき、

「——いらっしゃい、アレンくん」

部屋の奥から、生徒会長シィ＝アークストリアの声が響いた。

「なっ⁉」

月明かりに照らされた彼女は妖しい笑みを浮かべ、ゆっくりとこちらへ歩み寄ってくる。

「か、会長……どうしてここに……⁉」

「ふふっ、驚いたかしら？　二、三年生の大連合にリリム・ティリスとの連戦。——大きく消耗したアレンくんは、きっと人目につかないここへ来ると思ったのよ」

「なるほど……。先輩たちを仕向けたのは、全てあなたの仕業だったんですね……」

「さぁて、それはどうかしら？」

彼女は柔らかい笑顔のまま、小首を傾げてとぼけた。

（否定しないということは、そういうことなんだろうな……）

悪知恵の回る会長のことだ。

きっと上級生たちを言葉巧みに操り、一年A組を襲撃するよう差し向けたのだろう。

（まぁ、それはそれでいい）

この裏千刃祭はなんでもありの『実戦』。話術もまた『力』の一つだ。

しかし、どうしても気になることがある。

「会長、一つだけいいですか？」

「ええ、何かしら？」

「なんというか、その……。まさか、ずっとここで待っていたんですか？」

裏千刃祭の開始から、既に五十分近くが経過している。

今は九月の中旬。二十時近くにもなれば、制服だけじゃけっこう肌寒い。

明かりも点けず、体も動かさず、ただジッとこの場で待ち続けていたのなら――相当体が冷えてしまっているはずだ。

「え、ええ、そうよ！　それがどうし……へ、へ、へくち……っ」

会長は完璧なタイミングで、小動物のような可愛らしいくしゃみを披露した。

「……会長。もう少し考えて行動してくださ――」

俺がため息まじりに口を開けば、

「お、お姉さんに説教なんて百年早いわ！」

彼女は頰を赤くして、バンバンと机を叩いた。

（少し腹黒いところもあるけど、いつもどこか抜けているんだよな……）

本当に憎み切れない、小悪魔のような人だ。

「体調も優れないようですし、今日のところは見逃してくれませんか……？」

「絶対駄目！」

予想通りというかなんというか、きっぱり断られてしまった。

「ですが、戦った後に具合を悪くされても困りますよ……？」

もう一度やんわり戦闘を拒否すると、会長は何故か得意げな表情を見せた。

「ふふっ、何か勘違いしていないかしら？」

「勘違い、ですか……？」

「ええ。これから私とあなたは戦うけれど、それが『剣術勝負』だなんて、一言も言っていないわよ？」

「……剣術以外の勝負」

なんだか少し、嫌な予感がした。

これとほとんど同じ展開が、数か月前にもあったような気がする。

「そもそもアレンくんを相手に、一対一の剣術勝負で勝てるとは思っていないわ。だから――今日はこれで勝負よ！」

会長は懐から取り出した一組のトランプを机の上に置いた。

（やっぱりか……）

どうやらこの筋金入りの負けず嫌いは、まだ前回の敗北を引きずっているらしい。

俺は少しげんなりした視線をトランプの山へ向ける。

「それ……また『ギミックカード』でしょうか？」

「ふっ、舐められたものね。私が二度も同じ手を使うはずないでしょう？」

彼女はそう言って、愚かにもトランプの山をこちらへ手渡した。

俺は山札のカードをひとしきり確認した後、その裏面を凝視する。

「……確かに普通のトランプのようですね」

そこには前回見られたような仕掛けはない。

間違いなく、どこにでも売っているごく普通のトランプだ。

「ゲームは、ポーカーでいいんでしょうか？」

「ええ、もちろんよ。後一つ提案があるんだけど、一戦が終わるごとにディーラーを交代しないかしら？」

「……へぇ」

これは『イカサマ勝負』をしようという宣戦布告だ。

おそらく会長は、前回敗北してからずっとイカサマの練習をしてきたのだろう。

彼女の瞳からは、強い自信の色が読み取れた。

「――わかりました。それでいきましょう」

俺は顔に笑みを張り付けながら、内なる闘志を燃やす。

これまで俺は麻雀・ルーレット・チンチロ――数多の遊びを竹爺から教わった。

それは基本的なルールから応用的な戦術、さらにはイカサマの手法とその破り方にまで至る。そして数ある遊びの中で、俺が最も得意とするのが『カードゲーム』。その腕たるや竹爺をして「もう、教えることは何もない」と言わしめたほどだ。

ふと時計を見れば、時刻は既に十九時五十分。

終了時間まで後残り十分。おそらくこれが、裏千刃祭最後の勝負になるだろう。

「ふふっ、それじゃ始めるわよ？」

「ええ、受けて立ちましょう」

こうして夜の生徒会室で、会長との静かな一騎打ちが始まったのだった。

■

会長の待ち伏せに遭った俺は、三か月ぶりの『ポーカー勝負』をすることになった。

俺と会長は机を一つ挟み、向かい合って席に着く。

「ルールは一般的なポーカーと同じよ。普通に勝負をして、先に三回勝った方の勝ち。ただし、一戦を終えるごとにディーラーを交代すること――何か質問はあるかしら？」

「いえ、大丈夫です」

俺がコクリと頷くと、彼女はトランプの山をこちらへ差し出した。

「ふふっ、先手は譲るわ」

「いいんですか？」

「ええ、こちらの条件を全て呑んでもらったんですもの。こうでもしないと不公平になってしまうわ」

「そうですか。では、ありがたく――」

俺は山札を受け取り、軽く二三度シャッフルしてからお互いにカードを五枚配る。

「……なるほどね、私は一枚チェンジよ」

「はい、どうぞ」

「ありがとう」

会長はカードを一枚交換したところで――少しだけ口元が緩んだ。

どうやら、いい手が入ったらしい。

「私はこれでいいわ。さて……アレンくんは、何枚チェンジするのかしら？」

会長は五枚のカードを机に伏せ、自信ありげに微笑む。

「いえ、このままで大丈夫ですよ」

俺は手元のカードを一度も見ずに笑顔でそう告げた。

「そ、そう……えらく強気じゃない……っ」

彼女はわずかに動揺を見せたが、すぐに気を持ち直し――自分の手札を広げた。

「私の役は『ダイヤのフラッシュ』！　さぁアレンくん、あなたの手を見せてちょうだい！」

「はい、もちろんです」

そうして俺は手元のカードを右から一枚ずつめくっていった。

スペードの十。

スペードのジャック。

スペードのクイーン。

スペードのキング。

「う、嘘……でしょ⁉」

そして最後の一枚は当然――スペードのエースだ。

「これは驚きましたね……ロイヤルストレートフラッシュです」

まずは一勝。幸先のいいスタートを切ることができた。

「い、いきなり仕掛けてきたわね……っ。いったいどんな手を使ったのかしら……？」

「あはは、ただ運が良かっただけですよ」

そうして俺は何も気付いていない
フリをしながら――手の中でリフルシャッフルを素早く三回行った。

「……っ⁉」

その瞬間、会長の顔は真っ青に染まる。

まぁ、無理もないだろう。

俺は平静を装ったまま、彼女にそのトランプを手渡した。

「――どうぞ。次は会長がディーラーの番です」

「あ、アレンくん……あなた……ッ⁉」

彼女は震える手で山札を受け取ると、キッとこちらを睨み付けた。

「どうかしましたか？」

「……いいえ、なんでもないわ……っ」

その後、会長は下唇を噛み締め、悔しそうな表情でカードを配り――第二戦目が始まった。

手元の五枚を見れば、二・三・四・七・七だった。

（七のワンペアか。ストレートも見えなくはないが……。ここはスリーカードを狙うのが定石だな）

会長の仕込んだネタは崩した。それに俺のディーラーの番は、まだ後二回も残っている。

ここは勝負を急ぐときじゃない。

「三枚チェンジでお願いします」

「……ええ、どうぞ」

二・三・四のカードを流し、会長から新たに三枚の札を受け取る。

その結果、俺の手は七・七・七・八・十のスリーカードとなった。

（よし、悪くないな）

ランダムに選んだ五枚が『スリーカード』になる確率は約二パーセント。

手札交換が一回のポーカーにおいて、この役はかなり強い。普通にやっていれば、ほぼ負けることはないだろう。

それから会長が一枚のカードを交換したところで、互いの手を広げた。

こちらの手役が七のスリーカードに対して、会長は二と八のツーペア——俺の勝ちだ。

「どうやら、今日は少しついているようですね」

「……っ」

計画を大きく狂わされた彼女は、苦々しい表情を浮かべた。

「では、次のゲームに行きましょうか」

そうして俺がトランプの山へ手を伸ばしたそのとき、

「ちょ、ちょっと待った！」

会長からストップの声がかかった。

「なんでしょうか？」

「さ、最初のロイヤルストレートフラッシュ……。あんなのいったい、どうやって仕込んだのよ⁉」

彼女は今になって、イカサマのネタを探り始めた。

このままいけば、自分が負けることを察したのだろう。

「いえ、何も仕込んでませんよ」

俺が正直にそう答えると、

「く……っ。いいわ、お姉さんに嘘をつくなんていい度胸じゃない……！」

彼女はムッとした表情で立ち上がり、こちらへ歩み寄ってきた。

「――まくって」

「え？」

「だから、服の袖(そで)をまくって！　この前はそこにカードを隠(かく)していたでしょ！」

「は、はぁ……」

仕方なく会長の言う通り、制服をまくって両腕(りょううで)を晒(さら)す。

彼女はぺたぺたと俺の両腕を触(さわ)り、どこにもトランプを隠してないことを確かめていく。

「むぅ……っ。何も持ってないわね……」

「だから言ったじゃないですか、本当に何もしてませんって……」

「そ、そんなわけないわ！　きっとどこかにカードを隠し持っているはず……そうだ、胸のあたりとか！」

「そんなの、いったいどうやって取り出すんですか……」

会長の目を欺(あざむ)き、胸元(むなもと)からカードを取り出すのは至難の業(わざ)だ。

「そ、それは……っ。も、問答無用！」

彼女はそう言って、胸にお腹――果てには両のポケットまで漁り、俺がカードを隠し持っていないか徹底的に調べ上げた。

しかし、ないものはない。いくら探そうと出てくるわけがないのだ。

「あの、もういいですか……？」

「そん、な……。まさか本当に偶然……？　いいえ、あり得ないわ……っ。ロイヤルストレートフラッシュなんて、一生に一度揃うかどうかって役なのよ……ッ⁉」

顔を青くした会長は、ブツブツと何事かを呟く。

「すみません……。このままだと寒いんで、袖を戻してもいいですか？」

「だ、駄目よ！　アレンくんはちょっと目を離すと、すぐにイカサマをするんだから！」

「そ、そう言われましても……。結局、何も見つからなかったじゃないですか……」

俺が苦笑いを浮かべながら、小さなため息をついたそのとき、

「……はっ⁉　わ、わかったわ……！　仕込んだのは体にではなく――こっちね！」

彼女は机の上に置かれたトランプの山へ目を向けた。

「いったいどうやって仕込んだかは知らないけれど……こうしてやる！」

会長は無茶苦茶にリフルシャッフルをしたうえ、念入りに何度も何度も山札を切った。

「ふ、ふっふっふ……これで『仕込み』は完全に崩したわ！　たとえアレンくんでも、もうどうすることもできないはずよ！」

彼女は勝ち誇った表情を浮かべ、こちらに指を差した。

「は、はぁ……。それじゃ、始めてもいいですか？」

「ええ、もちろん。勝負はここからよ！」

「……そうですね」

俺は生暖かい目で彼女を見つめながら、手早く山札をシャッフルする。

その後、互いのもとへ五枚のカードを配り――会長は二枚のカードをチェンジした。

すると、

「……いやった！」

よほどいい手が入ったのだろう。彼女はグッと拳を握り、歓喜の声をあげた。

「――さて、それでは互いの手を広げましょうか」

俺がそう告げた瞬間、会長の表情が固まる。

「あ、アレンくん……。手持ちのカードは換えない、の……？」

「ええ、俺はこの手で勝負しようと思います」

「こ、『この手』でって……。あなた、また自分のカードを確認してないじゃない……っ」

第一戦時の嫌な記憶が蘇ったのだろう。彼女は震えた声でそう言った。

「あはは。こういう大きな勝負は、全て天に任せるって決めているんですよ」

「そ、そう……いいわ、受けて立ちましょう！　私の手は――『フルハウス』よ！　さぁ、あなたの手を見せてちょうだい！」

「ええ、それでは――」

俺は目の前に並べられたカードを右から一枚ずつ、ゆっくりとめくっていく。

最初の一枚は――スペードの十。

「じょ、冗談でしょ……」

まるでデジャヴのような光景に、会長は言葉を失う。

そしてその後――先ほどと全く同じ順番で、全く同じカードが姿を見せていく。

スペードのジャック。

スペードのクイーン。

スペードのキング。

そして最後の一枚はもちろん――スペードのエース。

「これは凄い確率ですね。また、ロイヤルストレートフラッシュです」

「わ、私の、負け……？」

これで三連勝。

三か月越しのリベンジマッチは、俺の圧倒的勝利に終わったのだった。

■

会長との一騎打ちに勝利した俺は、机の上のトランプを手早く片付けていく。

「そ、そん、な……。こんなことって……っ」

彼女は『信じられない』といった表情でワナワナと震えていた。

まさかこんな結果に終わるとは、夢にも思ってなかったのだろう。

（まぁ、無理もないか……）

なんと言っても会長は、この一戦のために『三つのイカサマ』を用意していたのだ。

まず一つ目は、山札への『積み込み』。

勝負が始まる前、俺はギミックカードをチェックするために山札を確認した。

（おそらく、会長はバレない自信があったのだろうけど……）

少しイカサマをかじったものが見れば一目瞭然、山札のカードは全て『番号三つ飛ばし』で並んでいた。ちょうど一・四・七・十・十三――といった風にだ。

（これは『自分の手を作る』のではなく、『相手に手を作らせない』という典型的な『崩しの積み込み』）

番号三つ飛ばしで並んだ山札では、ストレートはおろかワンペアを作ることさえ難しい。

そして先にこちらへディーラーの手番を譲ったのも作戦の内だ。

一試合消化することによって、何枚かのカードは表になる。その中で『ペア』になったものを、彼女はさりげなく山札の一番下へ滑り込ませていた。

会長はそこへさらに二種類のイカサマを重ねる。

カードの順番を全く変化させず、山札をしっかりシャッフルしたように見せかける『フォールスシャッフル』。

一番上のカードを配ると見せかけ、一番下のカードを配る『ボトムディール』。

（きっと今日のために、かなりの練習をしてきたんだろうな……）

彼女はこの二つのイカサマを非常に高いレベルで実行していた。

普通にやれば、ワンペアすら困難な山札への『積み込み』。

会長のみが常にワンペア以上の役が確定する『フォールスシャッフル』と『ボトムディール』のコンボ。

（地味だけど、失敗するリスクの少ない素晴らしい戦略だ……）

真っ向から勝負すれば、九分九厘会長の勝ちになるだろう。

しかし、彼女の作戦は『俺の一手』で脆くも崩れ去った。

その一手とは、リフルシャッフルだ。

この手の積み込みは、順番の大きく前後しない通常のシャッフルには滅法強い。だが、カードの並びを無茶苦茶にするリフルシャッフルの前にはあまりに無力なのだ。

『積み込み』を崩された会長は、フォールスシャッフルとボトムディールを駆使して食い下がったけれど……戦術基盤である積み込みが機能しなくては、やはりどうにもならなかったようだ。

「――それでは会長。勝負は俺の勝ちですので、ジンをいただけますか？」

イカサマポーカーを制した俺は、勝者の権利であるジンの要求を行った。しかし、

「ちょ、ちょっと待って……っ！」

やはりというかなんというか……。彼女はすんなりと渡してくれなかった。

「アレンくん……あなた、いったいどんなイカサマをしたの!?　お姉さん、今なら怒らないから正直に話しなさい！」

「いえ、ですから……。別に『イカサマ』と呼べるようなことは、何もしていませんよ」

「嘘よ！　ロイヤルストレートフラッシュが立て続けに二回も揃うなんて、絶対にあり得ないわ！」

どうやら彼女は、俺のイカサマを確信しているようだ。

「あ、あはは……。まぁそれについては、一度横に置いておきませんか？」

自分の手を大っぴらに公開するのは、得策ではない。

それに俺のやった行為は、イカサマとはまた少し違う。

どちらかと言えば『技術』と呼んだ方が適切だ。

「いーや！　あなたが口を割るまでは、私のジンは絶対に渡さないわ……！」

会長は子どもみたいなことを言って、そっぽを向いてしまった。

「はぁ……。そうですか……」

俺は椅子から立ち上がり、彼女の全身に目を向けた。

（……『膨らみ』がない。あまり多くのジンを持っているわけではなさそうだな……）

これなら別に回収できなくとも、そう大きな問題はないだろう。

「な、なんで急に黙るの……？　どうしてジッとこっちを見ているの……!?」

視線に気付いた会長は、両手を胸の前で交差させ――一歩後ろへ下がった。

その頬はほんのりと赤みがかっており、何故か潤んだ瞳をしていた。

「いえ、気にしないでください。それでは、失礼します」

俺が踵を返し、生徒会室を去ろうとしたそのとき、

「ちょ、ちょっと待って……！」

「どうしたんですか？」

「お、お願いだからどんなイカサマか教えてちょうだい！　こんな状態で放置されたら、ぐっすりと眠れないじゃない……！」

彼女は俺の手を取って、必死にそう頼み込んできた。

「そう言われましても……」

正直、ここで手口を公開するメリットが一つもない。

「も、もしも教えてくれないって言うのなら……っ」

「……言うのなら？」

「アレンくんにその……っ。え、エッチなことされたって言うわよ……！」

会長は顔を真っ赤にしながら、とんでもないことを口にした。

「……それだけは勘弁してください」

ただでさえ碌でもない噂に頭を悩ませているというのに……。

アークストリア家の令嬢に不埒なことをした。そんな悪評が広まれば、最悪聖騎士が動き出しかねない。

「さ、さぁ、あなたはどちらを選ぶの!?　大人しくイカサマのネタを白状するのか、それとも私にその……え、エッチなことをしたという噂を流されるのか！　道は二つに一つよ！」

興奮した様子の会長は、顔を赤くしながら詰め寄って来た。

女の子特有の甘い香りが鼻腔をくすぐり、鼓動が速くなっていくのがわかった。

「はぁ、仕方ありませんね……」

根負けした俺がため息をこぼすと、

「いやった！　さすがはアレンくんね！」

会長は手をパンと打って、子どものような笑みを浮かべた。

「それでは会長、なんでもいいので『作るのが難しい手役』を言ってもらえますか？」

「作るのが難しい手役……？　うーん、ストレートとか？」

「あはは、それだと簡単過ぎですよ」

俺は手早く山札をシャッフルし、トップから五枚のカードを配った。

「……これは？」

「めくってもらえますか？」

「ええ、いいわ、よ……っ!?　す、『ストレート』……!?」

自分の言った通りの手役に、会長は大きく目を見開いた。

「い、いったいどうやったの!?」

「別に何も難しいことはしていませんよ。そうですね……ブラックジャックにおける『カードカウンティング』って知っていますか？」

「え、えぇ……。山札に『十』以上のカードが何枚残っているかを記憶して、自分の手が二十一を超える――バーストする確率を低くする戦術……だったかしら？」

　彼女は、少し自信なさげにそう答えた。

「さすがは会長、概ねその通りです。俺が今やっているこれは、その発展形――『カードメモライジング』です」

「カードメモライジング……暗記するということ？」

「はい。山札の『一』から『十三』までの数字と四種類のスート――合計五十二枚の順番を全て暗記するんですよ」

「そ、そんなの無理に決まっているでしょ⁉」

「慣れるとけっこう簡単ですよ？　『九九』を覚える半分程度の労力で済みますしね」

「いやいや……っ。たとえ順番を暗記できたとしても、シャッフルされたら一巻の終わりじゃない！」

「じっくり見れば、何も問題ありません。頭の中でカードの順番を入れ替えるだけですから」

コンマ一秒を争う命のやり取り――真剣を用いた死闘に比べれば、シャッフルの動きを追うことはそう難しくない。後はシャッフルが行われるたびに、カードがどんな順番になったかを脳内で再構築するだけだ。

「山札の順番さえ覚えたら、後はもうこっちのものです。望みのカードが上に来るよう、少し気を配りつつシャッフルすれば……ほら」

俺は会長の前に五枚のカードを配り、彼女はそれを広げて言葉を失った。

「……っ」

そこに並ぶのは、さっき俺が何度も揃えてみせたロイヤルストレートフラッシュだ。

「こ、こんなの……っ。アレンくんがディーラーでいる限り、絶対に勝てないじゃない……！」

会長はそう言って、キッとこちらを睨み付けた。

「いえ、そういうわけでもありませんよ？　今回カードメモライジングを使えたのは、会長のおかげですから」

「わ、私のおかげ……？」

「はい。一瞬で五十二枚のカードを覚えるというのは、いくらなんでも現実的じゃありません。この技術を使うためには、まとまった時間じっくり山札を見る必要があるんですよ」

「『まとまった時間』……!? も、もしかしてあのとき!?」

「はい。ギミックカードをチェックするフリをして、実はずっと山札のカードを覚えていました」

俺からすれば、ギミックカードかどうかなんて正直どうでもよかった。山札のカードを覚えさえすれば――カードメモライジングが使えれば、勝負は決まるのだから。

「そ、そん、な……。それじゃこの勝負は……っ」

「はい、最初から俺の勝ちが決まっていましたね」

そうして解説が全て終わったそのとき、

「……ねぇ、アレンくん。山札のカードを自在に操れるってことは……。最後のアレ、意地悪よね……?」

頭の回転が速い会長は、すぐに気付いてしまった。

「……っ。な、なんのことでしょうか……?」

『最後のアレ』に心当たりのあった俺は、せめてもの抵抗とばかりにとぼけてみせた。

「私、最後の勝負でね、フルハウスが揃って、とっても喜んだのよ……。『やった！　この手ならアレンくんに勝てる！』って……。でも今の話を聞いて、わかっちゃったの……。アレ、あなたがそうなるように仕組んだのよね？」

会長はジト目でこちらを見つめる。

……さすがにこればっかりは、言い逃(のが)れのしようがない。

「あ、あはは……。すみません、会長の反応があまりに面白(おもしろ)かったので……。ちょっとだけ意地悪をしてしまいました……っ」

本当にちょっとした出来心だった。彼女があまりにコロコロと表情を変えるものだから……楽しくなって、ついやってしまったのだ。

そうして素直に白状すると、

「や、やっぱり……っ！　……いいわ。そんな意地悪する子には、こうしてあげる……！」

会長は勢いよく椅子から立ち上がり、背後にある大きな窓へ向かって歩き始めた。

そして慣れた手つきで窓を開け放ち、

「――みなさーん！　アレンくーんは、ここにいまーす！　彼は今満身創痍(まんしんそうい)なので、絶好のチャンスですよー！」

大きな声で俺の潜伏(せんぷく)場所をバラしたのだった。

「か、会長⁉」

「へ、へーんだ！　お姉さんに意地悪する子なんて、もう知りません！　……へくちっ」

「全く……っ、俺はもう行きますからね！　――それと風邪(かぜ)を引かないように、今日は温かくして寝てくださいね！」

俺は早口でそう言って、生徒会室を飛び出した。しかし、

「「「――見つけたぞ、アレン＝ロードル！」」」

おそらく、元々この近くにいたのだろう。三人組の先輩たちに見つかってしまった。

しかもその数は一人また一人と増えていき、気付けばあっという間に囲まれていた。

「へへっ。会長の言う通り、まさに満身創痍って感じだな……！」

「悪いが、一年に優勝を持って行かれるわけにはいかんのでな！」

「これは実戦だ。卑怯とは言ってくれるなよ……？」

魂装を手にした彼らは、自信に満ちた笑みを浮かべ、ジリジリとにじり寄って来た。

（くそ、逃げ場はないか……。でも、裏千刃祭が終わるまで、後ほんの数分のはず……っ）

数分ならば――いける！

「……仕方ありませんね。正真正銘、最後の戦いと行きましょうか……！」

俺は残り少ない霊力を全て注ぎ込み、辺り一帯を漆黒の闇で呑み込んだ。

「な、なんだこれ……!?」

「馬鹿、剣王祭見てねぇのか！　こいつの力は『闇』だ！」

「油断するなよ……！　いったいどんな能力なのか、まだ未知数だからな……！」

先輩たちは床を覆い尽くす闇を見て、大きくざわつき始めた。

「それでは、行きますよ……？」

それから俺は裏千刃祭が終わるそのときまで、ただ我武者羅に戦い続けたのだった。

■

一時間にわたる『実戦』が終了し、俺は疲労の溜まった体で一年A組へ向かう。

ゆっくり教室の扉を開けば、

「あ、アレン……！　よかった、無事だったのね！」

「あの数の先輩に襲われて負け知らずとは……さすがだな」

手足に包帯を巻いたリアとローズが、俺の元へ駆け寄って来た。

「あぁ、なんとかな。そういう二人は、大丈夫なのか？」

「ええ、こんなのどうってことないわ！」

「ただのかすり傷だ。問題ない」

「そうか、それならよかった」

俺たちがそんな話をしていると、クラスのみんなもこちらへ集まってきた。

「よーよー、アレン。お前さん、いったいどれだけのジンを掻き集めたんだ？」

「へへっ、どっちが稼いだか勝負しようじゃねぇか！」

みんなはどうやら、俺の『手持ち』が気になるようだった。

「そうだな……。まだ数えてはいないが、結構な量を集めたと思うぞ？」

俺はそう言いながら、ズボンや胸の内ポケットにしまった大量のジン紙幣を取り出す。

「ま、マジ、か……⁉」

「これ、ぶっちぎりでクラス一……。いや、学年全体で見てもトップだろ……っ」

みんなの口から乾いた笑いが漏れたそのとき――教室の扉がガラガラッと勢いよく開かれ、大きな箱を手にしたレイア先生が現れた。

「諸君、今日はおつかれだったな！　Ａ組の稼いだジンを回収しに……ほぅ！　かなりの量が集まっているじゃないか！　これは期待できるやも知れんぞ？」

彼女はみんなが獲得したジンを手早く箱の中へ入れていき、また別のクラスへ向かった。

その後、誰が手強かったか、どんな魂装使いがいたか、そんな話で盛り上がっていると――院内放送が流れ出す。

「――諸君、今日は本当にご苦労だったな！　表の千刃祭、裏千刃祭ともに近年稀に見る高いレベルだったぞ。さて、つまらない挨拶はここまでにして、結果発表へ行くとしようか！　今年度の裏千刃祭、全クラスの頂点に立ったのは――圧倒的稼ぎを見せた一年Ａ組だ！」

その瞬間、

「「「いよっしゃーっ！」」」

歓喜の声が沸き上がった。

「や、やったぜ！　これでうちが『千刃学院最強のクラス』ってことだよな!?」

「ええ、名実ともにうちが最強よ！」

「た、多額の賞金もあるんだよな!?　おいおい、どうやって使おうか!?」

みんなは大いに盛り上がり、その流れで今日は打ち上げを兼ねた祝勝会が開かれることになった。

「――祝勝会か。リアとローズはどうする？」

「うーん……。アレンが行くなら行こっかな」

「私はどちらでも構わないぞ」

「そうか、それじゃせっかくだし……みんなで一緒に行こうか！」

「うん！」

「あぁ」

そうして俺はリアとローズと一緒に祝勝会へ行き、この日は夜遅くまで楽しい話に花を咲かせたのだった。

三：五大国と神託(しんたく)の十三騎士(きし)

千刃祭(せんじんさい)の翌日、俺はリアと一緒(いっしょ)に一年A組の教室へ向かっていた。

その道中、

「「ふわぁ……」」

俺たちはほとんど同時に欠伸(あくび)をする。

「あはは、けっこう大きな欠伸だったぞ？」

「ふふっ、そういうアレンこそ」

昨日は夜遅(おそ)くまで祝勝会に参加していたため、お互(たが)いに少し寝不足(ねぶそく)だった。

「それにしても、今日は少し肌寒(はだざむ)いな……」

見上げれば、一面の曇(くも)り空。

いつ雨が降ってもおかしくないような、分厚い暗雲が立ち込めている。

「そうね。冬服は確か十月一日からだったかしら……？」

俺たちはそんな話をしながら、本校舎の中に入っていった。

教室の扉(とびら)を開ければ、そこには少し珍(めずら)しい光景が広がっていた。

朝の弱さに定評があるローズが、既(すで)に着席していたのだ。

（彼女がこんな朝早くに来るなんて、珍しいこともあるものだな……）

俺とリアはそれぞれ自分の席に荷物を置き、ローズに声を掛けた。

「おはよう、ローズ」

「おはよ、ローズ。今日は早いじゃない」

「ん、あぁ……。おはよう、アレン、リア……。くわぁ……っ」

相変わらず芸術的な寝癖のローズは、ゆっくりこちらへ体を向け――可愛らしい欠伸を漏らした。

「あはは、ずいぶん眠そうだな」

「その様子だと、昨日はあまり眠れなかったのかしら？」

「ん、あぁ……。昨夜は祝勝会もあったし、何より〈緋寒桜〉を使い過ぎたからな……。霊力をごっそり持っていかれ……ふわぁ……っ」

彼女がもう一度欠伸をしたそのとき――教室の扉が開き、初老の男性教師が入ってきた。

（ん、誰だろう……？）

彼は教壇に立つと、一つ咳払いをして口を開いた。

「えー……一年A組のみなさんに連絡がございます。えー……本日理事長は政府からの緊急招集を受けたため、リーンガード宮殿へ向かいました」

その話を聞いたクラスのみんなは、一斉にざわつき始めた。

「政府からの緊急招集……？」

「ほら、今の時期だとアレじゃない？　黒の組織の……」

「あぁ、なるほど……。その対策会議みたいなやつか……」

その後、男性教師は懐から一枚のプリント用紙を取り出し、そこに書かれてある文章を読み上げた。

「えー……。ここからのお話は、理事長の書き置きでございます。『――諸君。申し訳ないが、急な予定が入ったため、今日の授業は自習とする。午前午後と魂装場を押さえてあるから、有効に活用してくれ。ただし魂装の修業及び霊晶剣の使用は禁止する。以上だ』……だそうです。それでは、私はこれにて失礼致します」

そうして連絡事項を伝えてくれた男性教師は、深々とお辞儀をして教室を後にした。

「自習、か……。千刃学院では初めてだな……」

グラン剣術学院では毎日が自習みたいなものだったから、少し懐かしいような気がする。

それから俺たちは、始業のチャイムと同時に魂装場へ向かい、思い思いの自習を始めた。

リアは剣術指南書を読み、ローズは桜華一刀流の型を確認し、テッサは部屋の隅で瞑想。

そんな中、俺はただ黙々と素振りを続けた。

「――ふっ！　はっ！　せいっ！」

正眼の構えを取り、ゆっくり剣を振り上げ――斬る。

地味で単純な修業だけど、結局これが一番効くのだ。『剣士としての技量は、何度剣を振ったかによって決まる』、剣術指南書にもそう書かれてある。

そうして俺は午前中の約三時間。休むことなく、ただひたすら剣を振り続けたのだった。

■

午前の授業が終われば、お昼休憩だ。

俺とリアとローズは定例会議に出席するため、お弁当を持って生徒会室へ向かう。

コンコンコンと扉をノックすると、いつものように会長の声が返ってきた。

「――おはようございます」

ゆっくり扉を開けて、挨拶をしながら部屋へ入れば、

「リアさん、ローズさん、おはよう！　それと……おはようございます、アレンくん」

会長はリアとローズへ元気よく挨拶した一方、俺のときだけよそよそしい態度を取った。

「あ、あはは……。もしかして、まだ根に持っているんですか……？」

「お姉さんに意地悪するような子には、返事してあげません」

彼女はそう言って、まるで小さな子どものようにぷいとそっぽを向く。

（これじゃ『お姉さん』というより、少し手の掛かる『妹』だな……）

そうして俺が苦笑いを浮かべていると、

「……？　なんの話をしているんですか？」

事情を知らないリアが、小首を傾げて問い掛けてきた。

「あぁ、実は昨日ポーカーで――」

「――アレンくんが私にエッチなことをしたのよ」

俺の言葉に被せて、会長はとんでもないことを口にした。

「か、会長……!?　何を馬鹿なことを言っているんですか!?」

大慌てで訂正を求めたそのとき、

「……アレン、それ本当なの？」

「……事と次第によっては、許されることではないぞ？」

リアとローズの目から光が消えた。普段の優しい面影はどこにもない。そこにはただ『無』となって、こちらを見つめる二人の姿があった。

「そ、そんなわけないだろ……!?　性質の悪い冗談だ！」

身の危険を感じた俺は、すぐさま会長へ詰め寄る。

「と、とにかく、悪質な冗談はやめてくださいよ！　昨日の一件については、最後のアレでチャラになったでしょう⁉」

俺のちょっとした意地悪の仕返しとして、彼女は多くの先輩を差し向けてきた。あの一件は、それで『おあいこ』のはずだ。

「だって、アレンくんさ……。私が呼び寄せた生徒をみーんな一人で倒しちゃうんだもん……。あれじゃ、仕返しのうちに入らないわよ……っ」

会長は子どものようなことを言って口を尖らせた。

「そ、そんな横暴な……」

確かに全員倒したけれど……。かなりの体力を消耗したし、仕返しとしては十分だろう。

「うーん……それじゃ今度、お姉さんのお願いを一つ聞いてくれる？」

「……わかりました。ただし、常識の範囲内で頼みますよ？」

彼女の『お願い』をなんでも聞くことはできない。

なにせ副会長の――ブラッドダイヤの一件があるからだ。

「ええ、もちろんよ。それじゃこれで仲直りね」

会長はそう言って、ニッコリと微笑んだ。

（……いったいどんな『お願い』が飛んでくるのか）

それを考えるだけで、少し胃がキリキリしてきた。

「はぁ……。それじゃ俺はリアとローズの誤解を解かなければいけないので、会長は黙って静かにお昼ごはんを食べていてください」

「はーい」

それから俺は、二人に昨晩の一件を懇切丁寧に説明した。

「なんだ、そういうことか……。よかったぁ……」

「全く、驚いたじゃないか……」

リアとローズの目に光が戻り、ホッと胸を撫で下ろす。

そうしてようやく定例会議こと、お昼ごはんの会が始まった。

「そういえば……。リリム先輩とティリス先輩は、どうしたんですか？」

リアはお弁当の蓋を開けながら、キョロキョロと部屋の中を見回した。

「二人は昨日の疲労が原因で療養中よ。アレンくんにこっぴどくやられたみたいで、二三日はまともに動けないでしょうね……」

「あ、あはは……。それは少し申し訳ないですね……」

リリム先輩とティリス先輩は、何度打ち倒しても立ち上がってきた。

特にリリム先輩。彼女は「後輩に負けるかぁあああ！」と凄まじい気迫を見せた。

そのおかげで俺もかなりの闇を消費させられ——結果的に体を休ませざるを得なくなり、

会長の待ち伏せに遭ったのだ。

「まぁリリムもティリスも体は丈夫な方だし、心配はいらないわよ」

彼女はそうして話をまとめると、

「――ところでみんな、お化け屋敷どうだった？」

その後は、千刃祭についての話に花を咲かせた。

来年の千刃祭へ向けたお化け屋敷のクオリティアップの話。ジャン＝バエルという剣術部部長の話。裏千刃祭を勝ち抜く戦略についての話。

そうして千刃祭の話題が一通り出尽くし、会話が一段落したところで、

「――そういえば、今日レイア先生がお休みだったんですよ。なんでも政府から緊急の招集が掛かったそうなんですが……会長は何か知りませんか？」

俺は今朝方から、少し気になっていたことを聞いてみた。

「ええ、知っているわ。緊急の五学院理事長会議――確か、父も参加するって言っていたかしら？」

彼女はそう言って、お弁当箱の隅にある卵焼きを口へ運ぶ。

「議題はやっぱり『黒の組織』……ですか？」

「ええ。政府としても黒の組織には、本当に手を焼いているのよ。あそこはもう、ところ

かまわずやりたい放題。ヴェステリア王国に手を出したかと思えば、その翌日にはうちにちょっかいを掛けて来るし……！　最近は特にテレシア公国にご執心って噂もあるわね」

この国の重鎮アークストリア家の令嬢として、黒の組織には強い悪感情を抱いているのだろう。会長は早口でそうまくし立てた。

「それと……最近わかったことなんだけど、黒の組織は『幻霊』と呼ばれる希少な『化物』を探し回っているそうよ」

その瞬間、リアのごはんを食べる手がピタリと止まった。

「……どうした、リア？　何か喉に詰まったのか？」

俺が水の入ったグラスを差し出すと、

「う、うぅん……っ。大丈夫だから、気にしないで……」

彼女はぎこちない笑みを浮かべ、首を横に振った。

「そうか、それならよかった」

「うん、ありがとう」

俺とリアがそんなやり取りをしていると、ローズが疑問を口にした。

「五学院の理事長を集めて、緊急会議を開いているという話でしたが……。この街の守りは大丈夫なんですか？」

確かに、彼女の言う通りだ。五学院の理事長は、それぞれが凄まじい権力と『実力』を併せ持つ。そんな彼らが一斉に街を離れるというのは、素人考えにも危険なように思えた。

「んー、確かに少し手薄になっているけど……まぁ心配はいらないわね。緊急会議の開催日程は超極秘事項よ。情報漏洩の心配もないし、そんなタイミングよく黒の組織が攻めて来たりなんて――」

会長がそう言った次の瞬間――巨大な爆発音が響き渡った。

「「「なっ!?」」」

俺たちが慌てて窓の外を見れば、うちの体育館が炎上していた。

しかも、それだけじゃない。黒い外套に身を包んだ集団が、外壁を乗り越えて次々に侵入してきていた。

「く、黒の組織……!?」

会長がそう叫んだ直後、院内放送が鳴り響く。

「緊急放送！　緊急放送！　当学院は黒の組織と思われる謎の集団から、攻撃を受けております！　生徒は可能な範囲で迎撃してください！　繰り返します。当学院は――」

突然の奇襲を受けた千刃学院は、未曾有の大混乱に陥った。

「――アレンくん、リアさん、ローズさん、力を貸してくれるかしら？」

のだった。


「ええ、もちろんです！」

「はい！」

「任せてください」

こうして俺たちは千刃学院へ攻め入ってきた黒の組織を迎撃すべく、一斉に動き出したのだった。

■

黒の組織の奇襲を受けた俺たちは、現状を正しく認識すべく職員室へ向かった。無策に動くとかえって混乱を招き兼ねない。場慣れした会長とローズの冷静な判断からだ。

「――失礼します」

会長は短くそう言って、職員室の扉を開け放った。すると、

「おぉ、アークストリア様！　それに……アレンくん！」

「た、助かった……。うちの『頭脳』と『矛』が来てくれたぞ……！」

先生たちはホッと胸を撫で下ろした。

(さすがは会長シィ＝『アークストリア』だな……)

どうやら教師陣からも絶大な信頼を得ているようだ。

俺がそんなことを考えていると、会長はツカツカと職員室の奥へと進み――一人の男性

教師へ声を掛けた。彼は確かこの学院の副理事長だったはずだ。

「――すみません、現在の状況を教えていただけますか？」

「は、はい。敵は黒い外套を身に纏った剣士たち、その数およそ三百――おそらく黒の組織かと思われます！　本校舎を取り囲むように襲ってきており、現在は風紀委員と剣術部を中心に迎え撃っております！」

「なるほど……。それで戦況はどうなっていますか？」

「……あまり芳しくはありません。本校舎への侵入をなんとかギリギリ食い止めている状況です」

副理事長が深刻な表情でそう呟くと、職員室に重たい空気が流れ始めた。

「わかりました。ところで聖騎士協会と理事長への連絡は、済ませましたか？」

「いえ、それが……。先ほどから何度も電話を掛けているのですが……。一向に繫がらないんですよ……」

「……？　『繫がらない』とは、どういう意味ですか？」

「どうやら千刃学院は、なんらかの『結界』で外部と遮断されてしまっているようです」

副理事長はそう言って、窓の外を指差した。

目を凝らして見れば――確かに半球状の透明な薄い膜が千刃学院全体を覆っていた。

「……結界ですか。魔具の力かそれとも魂装の能力か。とにかく、それは厄介ですね……」

そうして千刃学院の置かれた厳しい現状を把握した会長は、

「……アレンくん。あなたなら、この結界を破壊できるんじゃないかしら……？」

こちらの目を真っ直ぐ見つめて、そう問い掛けてきた。

「俺、ですか……？」

「ええ。結界を破る方法は大きく分けて二つ。起点となる魔具や術者を叩くか、圧倒的出力で結界そのものを消し飛ばすか。起点の位置が不明な今、私たちができるのは結界を破壊することだけ。そしてこの学院で最も出力が高いのは――アレンくん、あなたよ」

彼女は真剣な語り口で話を続ける。

「この結界は、外部との繋がりを完全に遮断するほど強力なもの。まず間違いなく、認識阻害の効果もあるはずよ。つまり、外部から援軍を期待することはできない。ここへ入って来られるのは、黒の組織の関係者だけ……。一秒でも早く結界を破壊しないと、私たちはジリ貧のままやられてしまうわ」

「……なるほど、なかなか責任重大ですね」

俺が結界を壊せなければ、援軍のない『地獄の籠城戦』を強いられるというわけだ。

「ごめんなさいね。でも、今これを頼めるのはあなただけなのよ」

会長がそう言うと、職員室中の視線が俺に集まった。

「……わかりました。できる限りのことは、やってみます」

『確信』はないが、『自信』はあった。

あの『時の牢獄』さえ切り裂いた一撃――断界ならば、どんな結界だって斬れるはずだ。

「ありがとう、アレンくん。あなたなら、きっとそう言ってくれると思っていたわ。――それじゃリアさんとローズさんは、アレンくんに同行してもらっていいかしら？　敵も馬鹿じゃないわ。結界に近付く彼を、黙って見過ごさないはずよ」

「わ、わかりました！」

「承知した」

リアとローズがコクリと頷いたところで、俺は一つ質問を投げた。

「会長は、どうするおつもりなんですか？」

「私は最前線へ向かって、戦線を維持するわ。本校舎への侵入を許せば、それこそ収拾が付かなくなるもの」

彼女はそう言うと、すぐに先生たちへ指示を飛ばす。

「先生方は連絡係数人をここに残して、戦列に加わってください。連絡係は、アレンくんが結界を破壊したらすぐ聖騎士と理事長へ連絡をお願いします」

「「はいっ！」」

会長の一声で、先生たちは迅速に動き出した。

「それじゃアレンくん、結界の方は任せたわよ！」

そうして彼女は、先生たちを率いて職員室を後にした。

（さすがは政府の重鎮アークストリア家の御令嬢だな……）

普段はうっかり者な会長が、今ばかりはとても頼もしく見えた。

「私たちも行きましょう、アレン！」

「これは本件における最重要任務だ。気を抜かず行くぞ、アレン……！」

「あぁ！」

こうして大仕事を任された俺は、リアとローズとともに職員室を飛び出したのだった。

■

その後、俺たちは結界に向かって迅速に移動した。

断界は威力こそ凄まじいものの、その射程はとても短い。超至近距離まで近付かなければ、結界を破壊することはできない。

「——よし、この通りは人の気配がない。行こう」

こういう『野戦』に慣れたローズがコクリと頷き、俺たちは一斉に走り出した。

俺たちの第一目的は結界を破壊すること。黒の組織を倒すのはその後だ。

そのため俺たちは、極力戦闘を避けた隠密行動を取っていた。

建物の日陰を利用し、暗がりを駆けたそのとき――背筋の凍るような悪寒が走った。

「――危ない、リア！」

「え……きゃっ⁉」

咄嗟の判断でリアを『日向』へ突き飛ばした次の瞬間、『日陰』から七つの斬撃が突如として放たれた。

俺はすぐさま剣を引き抜き、なんとか六つの斬撃を払いのけたものの……。

「ぐ……っ」

さすがにあの状態から完璧な防御は難しく、鋭い一太刀を左腕に浴びた。

「あ、アレン……⁉　ごめんなさい、大丈夫⁉」

顔を青くしたリアは、すぐさまこちらへ駆け寄ってくる。

「気にするな。この程度、どうってことないよ」

傷を負った箇所へ闇を集中させ、すぐに治療を終える。

「影を支配するこの力……。なぁ、おい……そこにいるんだろう？　出て来いよ――ドドリエルッ！」

大きな声を出してそう叫べば——何の変哲もないただの日陰から、まるで陽炎のように一人の男が姿を現した。

後ろでまとめられた、ひどく傷んだ青い髪。整った顔に走る大きな太刀傷。

ドドリエル＝バートン——グラン剣術学院きっての天才剣士であり、今は黒の組織に身を落とした闇の住人だ。

「あっははははは！　今の一撃、よく見抜いたねぇ。……いや、むしろ当然かなぁ？　だって僕と君は相思相愛、心が通じ合っているんだもん……！　ねぇそうでしょう、アレェン？」

奴は相変わらず支離滅裂なことを言いながら、壊れたように笑い出した。

「あんたは、大同商祭のときの……!?」

「あぁ、奇妙な魂装を操る剣士だな……ッ」

ドドリエルのことを思い出したリアとローズは、すぐさま剣を抜き放つ。

「アレン、ここは私たちに任せて先に行って……！」

「今は結界の破壊が最優先。なに、すぐに追いつくから心配は無用だ」

二人はそう言って、一歩前に踏み出した。

「……ッ」

しかし、俺は迷っていた。

(くそ、どっちを選択するべきだ……!?)

ここに残って三人で戦うか。それともこの場は二人に任せて、結界の破壊を優先するか。

(リアとローズは、かつて一度ドドリエルに敗れている……)

だが、二人はあのときと比べ物にならないほど強くなった。

そのうえ奴の魂装〈影の支配者〉の能力は、既に割れている。

(……戦いが起きているのは、ここだけじゃない)

こうしている今も、千刃学院ではいくつもの血が流れている。

そして俺が足止めを食らえばその分だけ、被害は大きくなっていく。

戦術的な判断をするなら――リアとローズの言う通り、結界の破壊を優先すべきだろう。

「……わかった。前にも一度話したが、ドドリエルは『影の世界』へ入り込む。二対一で能力も割れているとはいえ、油断は禁物だぞ!」

「ええ、わかっているわ!」

「ふっ、そう案ずるな……!」

「それじゃ、この場は任せた」

そうして俺は、結界に向かって走り出した。

「あ、あれぇ!?　この僕を置いてどこへ行くのさ……!?」

ドドリエルの悲痛な叫びが響いた次の瞬間、

「あんたの相手は……！」

「私たちだ……！」

剣と剣がぶつかり合う硬質な音が響く。

（リア、ローズ。結界を破壊したら、すぐに戻るからな……ッ）

それから俺は脚部に漆黒の闇を纏い、一気に結界までの最短距離を駆け抜ける。

その後は黒の組織の妨害に遭うこともなく、結界の前へ到着した。

「……これか」

千刃学院を包み込む、半球状の透明な薄い膜にそっと手を伸ばす。

それは柔らかいような硬いような、なんとも言えない不思議な感触だ。

（……でも、これならいけそうだな）

俺は剣を抜き放ち、渾身の一撃を放つ。

「五の太刀――断界ッ！」

その結果、俺の斬り付けた箇所に大きな亀裂が走った。

それはみるみるうちに全体へと広がっていく。そして――『パキン』という甲高い音が響き、結界は完全に崩壊した。

「よし、成功だ……！」

これで外部との連絡が取れるようになったはずだ。

聖騎士協会やレイア先生が応援に駆け付けてくれれば、黒の組織を迎え撃つことはそう難しくないだろう。

（ここから先は『援軍のある籠城戦』だ。これで戦局は一気に逆転したぞ……！）

こうして見事結界の破壊に成功した俺は、急いでリアとローズの元へ戻り始めた。

地面を力強く蹴り進み、第二校舎の角を曲がったそのとき――俺は自分の目を疑った。

「……嘘、だろ？」

そこには――黒い影で宙吊りにされた、リアとローズの姿があった。

二人は触手のような影に両手両足を拘束されており、ピクリとも動かない。

「あはぁ……？　ちょぉっと遅かったねぇ……アレェン？」

こちらに気付いたドドリエルが、粘り気のある笑みを浮かべたその瞬間――全身の血が沸騰した。

「……どけよ」

俺は一足でドドリエルとの距離を詰め、

「速っ!?　が、はぁ……っ」

その脇腹に強烈な中段蹴りを叩き込んだ。

奴は凄まじい速度で吹き飛び、その勢いのまま校舎の壁に全身を打ち付けた。

その間、俺はドドリエルの黒い影を一太刀で切り裂き、リアとローズの拘束を解いた。

恐る恐る二人の胸に手を置くと――強い鼓動が返ってきた。

「……よかった。本当に、よかった……っ」

外傷はあるが、どれもそれほど深くはない。

おそらくだけど、二人はあの黒い影に絞め落とされたのだろう。

俺がホッと胸を撫で下ろしていると、

「――あはぁっ、さすがは僕のアレン……！　また一段と強くなったみたいだねぇ！」

校舎の瓦礫を押しのけ、額から鮮血を流したドドリエルが立ち上がった。

「……ドドリエル。これで二度目だ」

奴がリアとローズに手を掛けるのは、これで二度目だ。

「もう、限界だ……。今日、今ここで……お前を斬る……ッ！」

俺は全身から闇を解き放ち、『漆黒の衣』をその身に纏う。

それはこれまでのどんな闇よりも黒く、かつてないほど体によく馴染んだ。

「あ、あぁ……！　いぃ……いぃよ、アレン！　やっぱり君は最っ高だよ……ッ！　さぁ、早く二人で殺し合おう！」

こうして俺とドドリエルの因縁の戦いが始まった。

■

俺は正眼の構えを取り、真正面からドドリエルを見据えた。

奴は切っ先をこちらに向けたまま、愛憎入り混じった複雑な笑みを浮かべている。

（……魂装〈影の支配者〉）

地味な見た目に反して、その能力は強力無比。対象の『影』を踏んでいる間は、相手からの攻撃を全て無効化するという恐るべき力を持つ。

（……だけど、きっとそれだけじゃない）

もしも本当にそれだけの力ならば、リアとローズが後れを取るわけがない。

何かもっと別の――未知の力を隠し持っているはずだ。

（ひとまず接近戦は避けて、奴の出方を窺うか）

俺がそうして戦略を練り上げていると、

「あはぁ……？　こうして二人で見つめ合っているのもいいけどさぁ……。やっぱりもっと、もっともっともっと！　強く激しくぶつかり合おうよぉ！」

ドドリエルはわけのわからないことを叫びながら、一気に距離を詰めてきた。

「時雨流――五月雨ッ！」

息つく暇も無い雨のような突き。だが、

（……見える！）

まるで時が止まったかのように、一つ一つの突きがはっきりと見えた。

迫り来る凶刃を最小限の動きで完璧に避けた俺は、剣の戻りに合わせて反撃に転ずる。

「八の太刀――八咫烏ッ！」

「あはぁ、それは効かないよぉ……！」

ドドリエルは三つの斬撃を切り払い、その隙に俺の影をしっかりと踏みしめた。

その瞬間――残る五つの斬撃はドドリエルの体を通過する。

「『影の世界』か……ッ」

〈影の支配者〉の能力により、奴の本体は異界に移ってしまった。

これを破るとなると『断界』クラスの一撃が必要だが……それはドドリエルだって、百も承知のはずだ。

「あはっ、もちろん『断界』だけは避けるよぉ？」

こちらの思考を読んだ奴は、無邪気な笑みを浮かべた。

「……だろうな」

ドドリエルはグラン剣術学院時代から、頭の切れる奴だった。同じ技は、二度も通用しないだろう。

「それじゃぁ、どんどん行くよぉ……？　時雨流――篠突く雨ッ！」

袈裟切り・幹竹・切り上げ・切り下ろし・突き――殺意の籠った鋭い連撃が次から次へと繰り出される。

「……っ」

俺はそれらの斬撃を時には避け、時には打ち払い、時には剣を盾にして防いだ。

「ちょこまかちょこまか、すばしっこいなぁ……ッ！」

繰り出す斬撃を全て防がれたドドリエルは――苛立った様子で、さらに激しく斬り掛かってきた。

俺はその攻撃をしっかりと防ぎながら、わずかな違和感を覚えた。

（……どうしてさっきから、手数の多い攻撃ばかりなんだ？）

なんとなくだが、引っ掛かった。

俺は三年間ドドリエルと同じ剣術学院に通っていたこともあり、こいつのことは人並み以上に知っているつもりだ。

（ドドリエルは戦闘に『美しさ』を求める奴だった……）

今みたいに何度も何度も連撃ばかり繰り返すのは、らしくない。

（ただ頭に血が上っているだけか……？　それならば好都合なんだが……）

そうして俺が奴の攻撃を正確に捌き続けていると、

「このぉおおおおおおお……！」

熱くなったドドリエルは、大上段からの切り下ろしを放つ。

（……ここで切り返す！）

大振りの一撃に対し、俺は力強い斬り上げをもって迎撃する。

「ハァッ！」

「ぐっ⁉」

予想外のカウンターを食らったドドリエルの両腕は、上部にはね上げられた。

眼前に広がるのは、隙だらけの腹部。

（よし、ここだ……！）

俺は大きく一歩踏み込み、必殺の一撃を放つ。

「五の太刀――断か……ッ⁉」

しかし、

「……あはぁ」

必殺の間合いに侵入され、絶体絶命のはずのドドリエルは――笑った。

それは先ほどのおかしな笑みではなく、とても理知的な微笑みだった。

（マズい⁉）

何がマズいのかまではわからない。だけど、目の前にぶら下げられた大きな隙。これに飛び付くのは危険だと、俺の第六感が叫んだ。

自分の直感を信じ、大きく後ろへ跳び下がったその瞬間――足元の影から極大の斬撃が放たれた。

「なっ⁉」

俺の胴体へ食らい掛かろうとする斬撃に対し、大きく身を引いて回避を試みる。

その結果、まさに紙一重で避けることができた。

（……あ、危なかった）

もしもあのまま断界を放っていたならば、今頃俺は真っ二つになっていただろう。

「惜しい惜しぃ、後ほんのちょっとだったのになぁ……！　あは、あはは、あはははははは！」

奴は大きく口元を吊り上げ、腹を抱えて大笑いした。

連撃ばかりを繰り出し、頭に血が上っていたように見せたのも、最後の大振りの斬撃も

――今の一撃のための布石だったようだ。

「いやぁ、失敗失敗。アレンの体が真っ二つになる瞬間を想像したら……もう、笑顔が溢れ出しちゃってさぁ！」

ドドリエルは、両手で自分の体を抱いて身悶えた。

俺は奴の挑発と奇行を無視し、質問を投げ掛ける。

「……お前、今の一撃は斬撃を飛ばしたのか？」

ドドリエルが『剣を振った場所』と『斬撃の発生した場所』は、まるで違う。

つまりこいつは、斬撃を『別の空間』へ飛ばしたのだ。

「正解正解、大正解……！　僕の〈影の支配者〉が持つ、遠隔斬撃だよぉ……！」

「遠隔斬撃……？」

「うんっ！　僕は『自分の影』から地続きの『別の影』へ、斬撃を飛ばすことができるのさぁ……。ほら、ちょうどこういう風に――さぁ！」

ドドリエルが剣を振るったその瞬間、足元にある俺の影から、鋭い斬撃が飛び出した。

「く……っ」

俺はすぐに横薙ぎの一撃を放ち、迫り来る斬撃を打ち消す。

「いい能力だろぉ？　それにほら見てよ、今日は一面の曇り空だ！　雲には『影』ができ

るから、今やここら一帯は全て僕の支配領域さ！　あはぁ、まるで神様が後押ししてくれているみたいだねぇ……！」

奴は両手を大きく広げて、満面の笑みで語った。

「……ずいぶんと魂装の力を引き出したものだな」

さすがは天才剣士と言ったところか。相変わらず、その才能だけは一級品だ。

「……ありがとぉ。でも、君に褒められてもなぁんにも嬉しくないや……。ところで知っているかい？　魂装はさぁ『生と死の境』を歩くほど、強くなっていくんだ――よっ！」

ドドリエルはそう言って、鋭い突きを放ってきた。

「『生と死の境を歩く』……？　死に掛けるってことか？」

それを捌きながら会話に応じる。

「あぁ、そうだよぉ！　瀕死の重傷を負い、生と死――物質と非物質の狭間を経験するとさぁ……！　肉体と魂がより密接に結びつき、魂装はさらなる輝きを放つんだ、よっ！」

「へぇ、そうなのか」

それには少し心当たりがあった。シドーさんやイドラさんと戦い、瀕死の重傷を負った俺は――その後、不思議なことに強くなっていた。

（『強者に勝利した』という経験が自信となり、剣が鋭くなったのかと思っていたけどどうやらこの現象には、理論的な裏付けがあるらしい。

「君が千刃学院でぬくぬくと遊んでいる間さぁ……。僕は毎日毎日来る日も来る日も、ずっと戦場を駆け抜けて来たんだよ。地を這いつくばって、泥水をすすって、人を斬って、全てはそう――僕の人生を無茶苦茶にした、お前に復讐するためになァ……！」

ドドリエルは憎悪に顔を歪め、そう喚き散らした。

（……壊れている）

こいつの人格は、もう取り返しのつかないくらいに壊れてしまっていた。

その契機となったのは、一年前のあの決闘だろう。

ドドリエルは三年間ずっと『落第剣士』と嘲笑ってきた格下の俺に、自分が集めた大観衆の前で敗れた。それが、こいつの繊細なプライドを傷付けてしまったのだ。

（客観的に見れば、逆恨みもいいところなんだが……）

これは確かに、俺の蒔いた種でもある。

だから、せめてその後始末として――斬ろう。

「剣術学院というぬるま湯に浸かったお前が……この僕を斬れるかなぁ!?　時雨流奥義――叢雨ッ！」

ドドリエルは大きく目を見開き、威力を一点に集中させた鋭い突きを放った。

「――ああ、斬れるよ」

短い返答をし、闇で塗り固めた『疑似的な黒剣』を振り下ろす。

「か、はぁ……っ⁉」

その一撃は『影の世界』を切り裂き、奴の胸部に深い太刀傷を刻み付けた。

「が、ぁあああああああああ……⁉　ぼ、僕の……僕だけの世界が……ッ⁉」

ドドリエルは胸の傷よりも、影の世界がただの一振りで破壊されたことに大きなショックを受けていた。

「――お前がいろいろな修羅場をくぐり抜けて来たことは、その剣を見ればよくわかるよ。だけどな、俺だって毎日毎日必死に剣を磨いてここに立っているんだ」

リア・ローズ・シドーさんにイドラさん、ただの一人として楽な相手はいなかった。

一戦一戦がまさに死闘。

俺がこれまで過ごして来た日々は、決して『ぬるま湯』なんかじゃない。

そうして真っ直ぐドドリエルを見つめると、奴は血走った目で睨み返してきた。

「落第剣士風情が、いつまでもどこまでも目障りなんだよぉおおおッ！」

突然豹変した奴は、その剣に凄まじい『影』をまとわりつかせた。

黒く汚れたおぞましい力、とてつもない負の力の集合体だ。

恐らくは全力の一撃、ここで勝負を決めるつもりだろう。

「行くぞ、アレン……！」

「あぁ、来い！」

お互いの叫びが轟き、ドドリエルは剣を振るった。

「死ね——影の虚撃ッ！」

その瞬間、まるで濁流のような『影の波』が驚異的な速度で押し寄せた。

それは周囲の木々や瓦礫を呑み込む、圧倒的な質量の暴力。

対する俺は、剣を大上段に掲げ——一思いに振り下ろした。

「六の太刀——冥轟ッ！」

闇をまとった巨大な斬撃が、大地をめくりあげながら駆け抜ける。

刹那、漆黒の闇と虚ろな影が激しく衝突した。

凄まじい衝撃波が吹き荒れ、本校舎に巨大な亀裂が走る。

両者が拮抗したかと思われた次の瞬間、

「そ、そん、な……。馬鹿なぁあああああッ⁉」

全てを破壊する黒い冥轟がドドリエルを呑み込み、悲痛な叫びが学院中に響き渡った。

「……やったか？」

土煙が晴れるとそこには、息も絶え絶えといった様子の奴が二本の足で立っていた。

「……丈夫だな」

俺がそう呟くと同時、ドドリエルはゆっくり前のめりに倒れ込んだ。

「はぁ、はぁ……。く、そ……っ」

その体にはいくつもの深い太刀傷が走っており、これ以上の戦闘は望めないだろう。

「これで終わりだ。じきに聖騎士がやってくる。それまで大人しくしていろ」

そうして俺が背を向けたそのとき、

「あ、あは、は……っ。やっぱりアレン、は……優しいなぁ……。こんなゴミ屑みたいな僕に情けを……掛けてくれるん、だもん……。僕さ……、君のそういう甘いところ——反吐が出るくらいに嫌いなんだよ……ッ！」

ドドリエルの全身をおどろおどろしい影が包み込んだ。

「なっ⁉」

俺は慌てて後ろへ跳び下がり、正眼の構えを取る。

「——く、あはは、あはははははははッ！」

耳障りな笑い声をあげた奴の体には、まるで紋様のような黒い影がこびりついていた。

黒い影は傷口を繋ぎ合わせ、溢れ出す血を止めた。

（……傷が塞がっていく）

「あはぁ……っ。今なら『神託の十三騎士』すら、八つ裂きにできそうだよぉ……！」

ドドリエルが試し斬りとばかりに本校舎を斬り付ければ――外壁は吹き飛び、中の教室が剝き出しとなった。

（た、たった一振りで……!?　なんて力だ!?）

どうやらあの影には、身体能力を大きく向上させる効果があるようだ。

「『影』と『闇』、奇しくも『黒』同士の戦いだねぇ……！　落ちぶれた天才剣士と落第剣士――はみ出し者同士、お似合いの力なのかなぁ？」

俺はドドリエルの軽口を聞き流しながら、奴の体を注視する。

「……その力。かなり無茶をしているようだな」

見れば、その体は影に締め付けられ、各所に鮮血が滲んでいた。

どうやら自分の細胞を強引に締め上げ、限界を超えた動きを強制しているようだ。

「そんなことないさ！　この『痛み』がいいんだよ……ッ！　人は痛みを背負って強く、たくましく育つんだ！　さぁ、アレェン……僕と一緒に『成長』しようよぉ……！」

ドドリエルは凶悪な笑みを浮かべ、攻撃的な前傾姿勢を取った。

「……悪いが、お前の『成長』は今日ここで終わりだ」

俺はかつてないほど濃密な闇をその身に纏い、正眼の構えを取る。

『闇』と『影』、互いに『黒』を纏った俺とドドリエルの視線が交錯する。

「――行くぞ、ドドリエル！」

「あはぁ、おいでよ……アレェン！」

俺は闇を纏わせた疑似的な黒剣を握り締め、一足で間合いをゼロにした。

「八の太刀――八咫烏ッ！」

急所を正確に狙った八つの斬撃。だが、

「甘いよぉっ！　時雨流――霧雨ッ！」

奴はこちらの動きに反応し、逆位相の斬撃を放った。

八咫烏と霧雨は互いにぶつかり合い、消滅した。

(そんな……っ!?　今のは、闇を纏った斬撃だぞ!?)

ドドリエルの筋力・剣速・反応速度、そのどれもが格段に強化されていた。

「おぃおぃ……なぁにを驚いてんだよぉ!?」

こちらの動揺を見抜いたドドリエルは、無駄のない動きで強烈な横蹴りを放つ。

俺は咄嗟の判断で剣を縦に構え、その一撃をしっかりと防いだ。しかし、

「〜〜ッ!?」

完璧に防御したにもかかわらず、鈍器で殴られたような衝撃が両の手のひらを走った。

（こいつ……。単純な筋力だけならシドーさん以上だぞ……っ）

俺は後ろへ蹴飛ばされながらもしっかり顔を上げ、ドドリエルを視界に捉え続けた。

「ほぉら、まだまだ行くよぉ……！」

「くっ、来い……！」

その後、ドドリエルが攻めて俺が受ける——そんな苦しい展開が続いた。

「——そらそらそらぁあああああああああ！」

嵐のような斬撃が間髪を容れず繰り出される。

「……っ」

容赦なく迫る苛烈な攻撃。俺はしっかり両目を見開き、全神経を集中させて捌く。

だが、一合二合と剣戟を重ねるに連れて、俺の体には一つまた一つと傷が増えていった。

（くそ……っ。なんとか致命傷こそ避けてはいるが、このままじゃジリ貧だぞ……）

そうして俺が歯を食いしばった次の瞬間、

「……がふっ」

突然、ドドリエルが血を吐き出した。

奴は大きく後ろへ跳び下がり、服の袖で口元をぬぐう。

「あ、あはぁ……。そろそ、ろ……、限界みたいだねぇ……っ」

ドドリエルの体のそこかしこから、赤黒い血が滲み出している。

『影』は自律して動き、流血した箇所を繋ぎ合わせていくが……。奴の体が既に限界を超えているのだろう。体の崩壊に回復速度が追い付いていなかった。

影で体を縛り、超人的な動きを可能にするあの技は、凄まじい負荷が掛かるようだ。

（……勝負ありだな）

俺はまだ十分な『闇』を残している。

このまま戦いを続ければ、ドドリエルは勝手に自滅していくだろう。

（……まずはリアとローズを安全な場所に運んで、それから会長たちの援護に行こう）

俺が戦闘が終わった後のことを考えていると、

「――少し名残惜しいけど、フィナーレと行こうかぁ！」

ドドリエルは両手を上げてそう叫んだ。

すると次の瞬間、奴の背後に巨大な『影の塊』が浮かび上がる。それは表面が不規則に波打っており、虫の繭のようにも黒水の塊のようにも見えた。

（なんだ、アレは……？）

正眼の構えを堅持しながら、突如出現した謎の塊へ意識を向けていると、

「――あはぁ、よそ見は駄目だよぉ!?」

目と鼻の先にドドリエルの姿があった。

「そぉらッ!」

大上段からの強烈な一撃。俺がなんとかその攻撃を防いだ次の瞬間、

「――暗黒の影ッ!」

背後から、突き刺すような殺気を感じた。

（これは、マズい……ッ）

振り向かなくともわかった。

ドドリエルの背後にあったはずの影の塊が、いつの間にか俺の真後ろにあることが。

「――ハアッ!」

俺は咄嗟の判断で、背面に『闇の壁』を展開した。

その結果、影の塊から放たれた十の触手は、わずか数ミリ手前でピタリと止まる。

さすがに闇を突破するほどの威力はないようだ。

（……ギリギリだったな）

後ほんの一瞬でも判断が遅れれば、全身穴だらけになっていただろう。

俺は真横へ大きく跳び、ドドリエルと影の塊から距離を取った。

「あはぁ……今のを防ぐなんて、さすがはアレンだよぉ！　あの弱っちぃ女剣士たちは、一瞬でやれたんだけどねぇ……」

ドドリエルはそう言って、リアとローズを嘲笑う。

（二人はこの技にやられたのか……）

確かに今の挟み撃ちは、完全な『初見殺し』だ。

俺だってこの闇がなければ、危なかっただろう。

（しかし、厄介な能力だな……）

どうやらこの黒い塊――暗黒の影は『遠隔斬撃』と同じ要領で、別の場所に飛ばせるようだ。

「嗚呼、君のその青い顔……とっても愛しいなぁ……！　ぐちゃぐちゃに引き裂いて、めちゃくちゃにしたくなるよぉおおおお！」

奴は理解不能な妄言を叫び、こちらに向かって駆け出した。

「さぁ、僕と踊ろうよ……アレェエエエエンッ！」

「……ッ」

その後の戦いは、防戦を強いられることになった。

「――ほらほらほらぁっ！　逃げ回っているだけじゃ、勝てないよぉおおおおおっ!?」

「ぐ……っ」

ドドリエルは接近戦を仕掛けながら、十の触手を巧みに操り――確実にダメージを与えてくる。

（くそ、なんて奴だ……ッ）

こちらの剣が一本に対し、奴は手に持つ剣と十の触手――合計『十一の刃』を振るう。

一と十一、数の上ではこちらが圧倒的に不利だ。

（……やるか？）

ありったけの闇をこの身に纏えば、暗黒の影は無力化できるだろう。

そうなれば手数の不利はなくなり、互角の勝負が演じられる。

後は、ドドリエルの体が勝手に崩壊していくのを待つだけだ。

（だけど、その後はどうする……？）

霊力を著しく消費した状態で、意識を失ったリアとローズを守り切れるだろうか？

今も最前線で戦う会長たちの助けになれるだろうか？

「ねぇアレン……。君、もしかしなくとも……『この後』のことを考えているだろぅ？」

「……よくわかったな」

俺が向こうの思考を読めるように、奴も俺の思考を読めるようだ。

「剣士の勝負は真剣勝負。相手の心臓を止めること以外、何も考えなくていいんだよぉ……ッ！」

奴はそう言って、再び怒濤の攻撃を開始した。

「ぐ……っ」

触手の一つが俺の肩に触れ、鮮血が宙を舞う。

だが、それと同時に自身の影に引き裂かれたドドリエルの皮膚からも鮮血がこぼれた。

「なぁ、おぃ……！　もっと、もっと僕だけを見てくれよ……僕だけに向き合ってくれよおおおおお!?」

奴は今にも泣きそうな表情で、何度も何度も剣を打ち付けた。

俺はその連撃を捌きながら、思考を巡らせる。

（……確かに、俺は『後』のことを考えていた）

ドドリエルとの真剣勝負の最中だというのに、その後を考えてしまっていた。

真剣勝負に臨む剣士に対して、これは失礼なことだ。

（こいつは文字通り、命懸けでこの舞台に立っている……）

それならば俺も剣士として、全てを懸けてこの戦いに臨むべきだ。

「悪かったな、ドドリエル。剣士の勝負は真剣勝負、お前の言う通りだよ」

俺は短くそう詫び、

「もう後のことは何も考えない。今この瞬間のために……全てを出し切る……ッ！」

ありったけの闇を解き放った。

その瞬間、闇はこの一帯を黒く染め上げ、漆黒の舞台を作り上げていく。それはかつてイドラさんと戦った時よりも濃く、深淵を思わせるほどの深みがあった。

「凄い、凄いよ、アレン……！　君はいつだって僕の予想を遥かに超えてくれる……！　あのときだってそうさ！　僕はそんな君が、大好きで大嫌いなんだよ……ッ！」

奴は恍惚とした表情を浮かべ、満足気に叫んだ。そして、

「――はぁああああああ！」

「――うぉおおおおおお！」

まるで示し合わせたかのように、俺たちは同時に走り出した。

「桜華一刀流奥義――鏡桜斬ッ！」

「時雨流奥義――叢雨ッ！」

斬撃同士が激しく火花を散らし、消滅する。

それと同時に俺たちは袈裟切りを放ち――剣と剣のぶつかり合う硬質な音が響いた。

鍔迫り合いの状態で、互いの視線が交錯した。

「やっぱりお前は強いな……ドドリエル……ッ！」

「当然だろぉ……？　落第剣士が図に乗るなぁ……！」

全体重、全筋力を動員した鍔迫り合いは——。

「……ハァッ！」

「く、そが……っ」

闇を纏った俺が制した。

そしてドドリエルを吹き飛ばした先には、仕込みがある。

「二の太刀——朧月ッ！」

「なん、だと……!?」

戦いの最中、空間に仕込んでおいた斬撃が奴の太ももを抉る。

「……畜、生」

その場にしゃがみ込んだドドリエルへ、さらに追い打ちを仕掛ける。

「八の太刀——八咫烏ッ！」

「舐、めるなぁ……！　——暗黒の影ッ！」

これ以上ないほど、完璧なタイミングのカウンターが放たれた。しかし、

「――ハァッ！」

俺は全身から漆黒の闇を放ち、迫りくる影を呑み込んだ。

「馬鹿、な……!?」

動揺を見せた奴の全身に、八つの斬撃が牙を剝く。

「ぐ、が……!?」

大きなダメージを負ったドドリエルは跳び下がり、影を使って無理やり傷を繋ぎ合わせた。

その後も、俺たちの死闘は永遠に思えるほど続く。

「はぁはぁ……っ」

「あ、あは、あはは……っ。やっぱり強いなぁ……アレンは……っ」

そしてもう間もなく、互いの霊力が尽きようとしていた。

（単純な斬り合いでは、圧倒的に俺が勝っている……。それなのに……っ）

ドドリエルは、決して倒れなかった。

何度その身を断ち斬ろうとも、致命的な傷を与えようとも――奴は顔を上げ、ひたすらに食らい付いてきた。おそらく精神が肉体を凌駕しているのだろう。

「はぁはぁ、そろそろ決着をつけるぞ……！」

「あ、はぁ……。名残惜(なごりお)しいけど、そうせざるを得ないみたいだねぇ……ッ」

俺の体を纏(まと)う闇は弱々しくなっており、奴の体を走る影も薄(うす)くなっていた。

お互いにもう限界だ。きっと次が最後の一撃になるだろう。

覚悟(かくご)を決めた俺は、剣を鞘に収めた。

「――行くぞ、ドドリエル！」

「あぁ、おいでよ……アレェン！」

短い言葉を交わした直後、俺は徒手(としゅ)のまま駆け出した。

（……今の脆弱(ぜいじゃく)な闇では、奴の暗黒の影(ダーク・シャドウ)を防ぐことはできない）

手数では勝てない。ならば――手数が意味を為(な)さない、最高最速の一撃を放つ！

「死ねぇええええ！　時雨流奥義――叢雨ッ！　暗黒の影(ダーク・シャドウ)ッ！」

殺気と怨念(おんねん)の籠(こも)った鋭(するど)い突きと二十の触手が、凄(すさ)まじい速さで放たれた。

それをしっかりと見定めた俺は、最高最速の一刀を振り抜(ぬ)く。

「七の太刀――瞬閃(しゅんせん)ッ！」

音を置き去りにした神速の居合斬(ぎ)りは、

「か、は……っ」

暗黒の影(ダーク・シャドウ)ごとドドリエルを切り裂いた。

振り返れば、ちょうど奴がゆっくりとその場に倒れ込むところだった。

「ふぅ……っ。ギリギリだったな……」

ドドリエルとの死闘に勝利し、ホッと一息をついた次の瞬間――耳をつんざくような破砕音が千刃学院中に響き渡った。

「な、なんだ今の音は……っ!?」

方角は校庭、会長たちが戦っている場所だ。

(……嫌な予感がする)

だけど今は、リアとローズを安全な場所へ移動させるのが先決だ。

(ひとまず、職員室へ連れて行こう)

こうして因縁の剣士――ドドリエルとの戦いに勝利した俺は、意識を失ったリアとローズを抱え、職員室へ向かった。

■

長い廊下を走り抜け、開けっ放しになった扉を通り抜けると、副理事長がこちらに気付いた。

「お、おぉ、アレンくん！　よかった、無事だったん……っ。り、リアさん、ローズさん!?」

彼は意識のない二人を見て、大きく目を見開く。

「安心してください。気を失っているだけですから」

「そ、そうか、それならよかった……。だけど、君がそれほどの深手を負うなんて……よほどの強敵だったんだね？」

「はい、ギリギリの戦いでした。――ところで結界の破壊に成功したのですが、外部との連絡は？」

俺がそう問い掛けると、彼はニッと笑った。

「あぁ、それはもうバッチリだ！　おそらく後五分もすれば、理事長が到着するだろう。もちろん、聖騎士協会にも連絡済みだよ。本当によくやってくれたね、アレンくん！」

「そうですか、それはよかった」

レイア先生さえ来れば、もうこちらのものだ。

（よし、戦いはもうすぐ終わるぞ……！）

その間に、俺は自分にできることをしよう。

「それでは副理事長。俺は会長たちの援護に行ってきます」

そうして職員室を後にしようとしたそのとき、

「――駄目だ。君は逃げてくれ」

副理事長は俺の肩をグッと掴み、真剣な眼差しでそう言った。

「ど、どうしてですか？」

「前線へ向かった教師から連絡があってね……。敵の中にあの『神託の十三騎士』の一人が確認された。いくらアレンくんでも、そんなボロボロの状態では絶対に勝てない……！」

「……神託の十三騎士」

そういえば……戦いの最中、ドドリエルがそんなことを言っていたような気がする。

「黒の組織の最高幹部のことだよ。一人一人が国家戦力級の力を持つ超凄腕の剣士で、その強さは『理事長クラス』だと言われている」

「れ、レイア先生と同格……!?」

「あぁ、そうだ。神託の十三騎士を相手に戦うというのは、すなわち一国を相手にするようなもの……っ。だから、アレンくん。君はとにかく、逃げてくれ」

「――それならむしろ、行かなくてはいけませんね」

そんな情報を聞かされて、おめおめと引き下がれるわけがない。

「なっ、どうしてだ!?」

「会長たちは、そんな強敵を相手に今も戦ってくれています。それなのに、俺だけが尻尾を巻いて逃げるわけにはいきません」

俺の力なんて所詮は小さなものだ。

だけど、戦闘においては『数の差』は大きな意味を持つ。頭数は、一人でも多い方がいい。

「――お気遣い、ありがとうございます」

俺は短くそう言って、職員室を後にした。

「あっ、ちょっとアレンくん……!?　くそ……っ。理事長、お願いですから早く帰って来てください……っ」

■

副理事長の制止を振り切り、校庭へ向かった俺の目には――信じられない光景が飛び込んできた。

「な、なんだ……これ……？」

まるで荒野の如く荒れ果てた校庭に、千刃学院の生徒たちが倒れ伏していた。

その中で一人、背の高い細身の男が悠然と立っている。

（アイツがこれを……ッ）

沸騰しかけた頭を左右に振り、冷静さを取り戻す。

それから俺は視界の端に奴を捉えながら、ぐったりと倒れ伏す会長の元へ足を向けた。

「――会長、大丈夫ですか？」

その肩をゆっくり揺らすと、

「あ、アレン、くん……？　に、逃げて……。あの化物には、絶対、勝てな、ぃ……っ」

彼女はそう言い残して、静かに意識を手放した。

（……それほどの相手か）

筋金入りの負けず嫌いである会長が、『絶対に勝てない』とまで言うほどの剣士。

満身創痍のこの状態で戦うには、荷が勝ち過ぎる相手だ。

（だけど、やるしかない……）

今、千刃学院で戦える剣士は俺一人。

ここで逃げ出せば、この場にいる全員が皆殺しにされかねない。

（それに……レイア先生がもうすぐここへ来てくれる。それまでの間、俺はなんとかして時間を稼げばいい）

そうして考えをまとめた後は、警戒を最大限に高めながら、この大惨事を引き起こした張本人のもとへ歩み寄る。

「……お前がこれをやったのか？」

「――ん？　あぁ、そうだ。虫が多かったのでな。少し振り払わせてもらった」

「……虫、だと？」

仲間を虫呼ばわりされたことで、先ほど抑え込んだ怒りが再燃してきた。

「貴様は……アレン＝ロードル、だな？」

「……!?」

何故かこの男は、俺の名前を知っていた。

「そう驚いてくれるな、ただ報告を受けていただけのことだ。少しばかり腕の立つ『子ども』がいる、とな」

「……一方的に名前を知られているのは、気持ち悪いな。そっちも名乗ったらどうだ？」

なんとか会話を繋ぎ、時間を稼ぐ。

「ふむ、一理あるな。私は神託の十三騎士が一人——フー＝ルドラス。以後、お見知りおきを」

フーは礼儀正しくわずかに頭を下げた。どうやら、話は通じるタイプらしい。

フー＝ルドラス。

身長は高く、百九十センチは超えるだろう。背まで伸びた長い黒髪。剣士にしては、痩せた体軀。年は三十代前半ぐらいだろうか。彫りの深い整った顔からは、理知的な印象を受けた。剣さえ持っていなければ、学者のようにも見えるだろう。

赤い貴族服の上から黒い外套を羽織っており、そこには緑色の——どこかで見たことのある大きな紋様が刻まれていた。一般の構成員とはデザインの違う外套、おそらくこれは

幹部にのみ許された特別な衣装なのだろう。

「お前たちの狙いは、リアか？」

「……『リア』？　あぁ、そういえば……今代の原初の龍王の宿主は、確かそんな名だったか……」

彼は顎に手を添えながら、記憶をたぐるようにして呟く。

「原初の龍王の『宿主』……？」

「あぁ、私たちは原初の龍王をはじめとした幻霊を収集している。極論、あんな小娘などどうでもいい。必要なのは中身だ」

「……『幻霊』？　……『中身』？」

確かお昼ごろ、会長がそんな単語を口にしていた気がする。

「ふむ……。話は嫌いではないし、知的好奇心の旺盛な若人もまた好ましい。紅茶でも飲みながら、ゆっくりと話をしてやりたいところだが――あいにく今は時間がない。それはまたの機会としよう」

フーがレイピアのような細身の剣を構えたそのとき、

「な、ぁ……っ!?」

息苦しさを覚えるような濃密な殺気が放たれた。

「……どうした、構えないのか？　アレン＝ロードル？」

敵にそう言われて、俺は初めて無防備に立ち尽くしていることに気付く。

「くっ……はぁあああ！」

体に残った霊力を掻き集め、濃密な闇を纏った。

少し体を休めたおかげで、霊力がわずかに回復している。

（この調子なら、後数分はもつ……！）

俺が正眼の構えを取った次の瞬間、

「——どこを見ている？」

「なっ!?」

背後にフーがいた。

「——シッ！」

「〜〜ッ」

首の付け根を狙った容赦ない一撃。

俺は咄嗟に地面を横へ蹴り、紙一重でそれを回避した。

「ほう、なかなかの反応速度だ」

なんの躊躇もない『殺しの一撃』。

俺はこの瞬間、『場数』と『経験』の歴然とした差を感じた。

（守ってばかりだと殺られる……ッ）

攻撃は最大の防御。俺は重心をしっかり落とし、最速の動きで間合いを詰めていく。

「八の太刀――八咫烏ッ！」

渾身の力を込めた八咫烏は、

「――風衝壁」

突如出現した見えない壁によって、あっさりと防がれてしまった。

「なん、だと……!?」

「戦闘中に動揺を見せるな――風絶」

その瞬間、凄まじい『突風』が俺の腹部を撃ち抜く。

「か、は……ッ!?」

まるで腹を抉られたような、とてつもない衝撃が駆け抜けた。

あまりの威力に吹き飛ばされた俺は、受け身を取ることさえできずに地面を転がる。

「……ふむ、どうやら既に大きく消耗しているようだな。しかし、魂装もなしにこの動き……。殺すには惜しい逸材だ……」

フーは余裕綽々の表情で、何事かを呟く。

（ま、マズいな……。これはちょっと勝てないぞ……っ）

さすがは国家戦力級と呼ばれる剣士。悔(くや)しいけれど、いまだ魂装を習得していない俺には、この段階(ステージ)は早過ぎる。

（だけど、退(ひ)くわけにはいかない……！）

レイア先生が来るまでの数分間、なんとしても食い下がってやる……！

俺は悲鳴をあげる体に鞭(むち)を打ち、二本の足でなんとか立ち上がった。

「……まだ立てるのか。体の丈夫(じょうぶ)さ、精神力ともに申し分ないな」

「はぁはぁ……。い、行くぞ……！」

そうして俺はありったけの闇を注ぎ込んだ、正真正銘(しょうしんしょうめい)全力の一撃を放つ。

「六の太刀――冥轟(めいごう)ッ！」

漆黒(しっこく)の闇に覆(おお)われた巨大(きょだい)な斬撃(ざんげき)が、フーの元へ殺到(さっとう)する。

だが、

「――風覇絶刃(ふうはぜつじん)」

彼の放った巨大な風の刃(やいば)は、黒い冥轟をいとも容易(たやす)く引き裂(さ)いた。

「そん、な……⁉」

たったの一度として破られたことのない黒い冥轟。

（それがこんなにもあっさり消されるなんて……っ）

絶望的な光景を目にした俺は、言葉を失い呆然と立ち竦む。

その直後——依然として絶大な威力を誇る風覇絶刃が、容赦なく全身を切り刻んできた。

「か、は……っ」

風の刃に斬られた傷は……深い。

否、深過ぎる。とてもじゃないが、戦闘の続行は望めない。

（く、そ……っ）

地に這いつくばった俺が、強く歯を食いしばったそのとき——突然フーは上を向き、信じられない言葉を口にした。

「ふむ、手ひどくやられたな——ド、ドリエル、い」

「あはぁ……っ。すみませぇん、先輩ぃ……。でも、原初の龍王はしっかりと捕獲しましたよぉ……！」

校舎の二階から、血まみれのドドリエルが降りてきた。

奴の後ろには黒い影が浮かび、そこには職員室へ運んだはずのリアが吊るされている。

「り、リア……!?」

俺が驚愕の声をあげた次の瞬間、

「――ご機嫌いかがかなぁ、アレェン？」

何故か完全回復したドドリエルが、グッとこちらへ顔を近付けた。

「お、お前、どうして……!?」

こいつは間違いなく、瞬閃で斬った。まともに動き回れる状態じゃないはずだ。

「ふふふっ、科学の進歩って凄いよねぇ……。なんてったって、こんな凄い回復薬を作っちゃうんだからさぁ……！」

奴はそう言って、懐から青い丸薬を取り出した。

「それは霊晶丸……!?」

よくよく見れば、ドドリエルの〈影の支配者〉には大きな歪みが見られた。

「正解正解、大正解！　これは改良に改良を加えた、『第二世代の霊晶丸』。ちょぉっとばかし寿命を削れば、ほんの一瞬で大復活できるんだぁ！」

「――おい、機密情報をペラペラと喋るな」

「あはぁ、すいませぇん……」

ドドリエルとフーがそんなやり取りを交わしている間、俺は静かに呼吸を整えていく。

（……時間稼ぎを始めてから、もう三分以上は経過しているはずだ）

つまり、後二分。後二分だけ時間を稼げば、レイア先生がここへ来てくれる。

(それまで、なんとしても時間を稼ぐんだ……ッ)

両の足に力を込め、ゆっくりと立ち上がった次の瞬間、

「……え？」

これまで経験したことのない奇妙な衝撃が、体の中心を打った。

「あはぁ、剣士の勝負は真剣勝負……！　これで……僕の勝ちだねぇ、アレェン……？」

喜悦に歪むドドリエルの顔。

そこからゆっくりと視線を下げれば――俺の胸に奴の剣が深々と刺さっていた。

「うそ、だろ……？」

痛い。

熱い。

苦しい。

(息が……できない……ッ)

鉄の味が口内を満たし、全身を焼けるような痛みが駆け巡る。

俺はそのままドドリエルにもたれかかるようにして、グラリと前方へ倒れ込んだ。

「あはぁ、あははは、あはははは……っ。あっはははははははは……！」

耳障りな笑い声が鼓膜を打つ。

徐々に霞んでゆく視界の先に見えたのは、影に拘束されたリアの姿だった。

「リ、ア……っ」

最後の力を振り絞り、必死に伸ばしたその手は――虚しく空をかいた。

そうして俺は、暗く深い闇の中へと沈んでいった。

■

アレンの心臓を一突きにしたドドリエルは、

「き、気持ちいぃ……！」

快楽・興奮・悲哀――様々な感情をないまぜにした、複雑な表情で笑っていた。

「はぁはぁ……っ。あはは、あははは、あっははははははは……！」

復讐を成し遂げ、生きる目的を達成した男の空虚な慟哭が響く。

「……少し、もったいないことをしたな」

フーは短くそう呟き、配下であるドドリエルに命令を下す。

「――原初の龍王は捕獲した、急ぎ帰るぞ。黒拳がこちらへ向かっているという情報があるうえ、この国にはあの『血狐』がいる。長居は無用だ」

「あはぁ、了解しましたぁ……」

そうして二人が踵を返した次の瞬間――千刃学院全体をどす黒い闇が包み込んだ。

「「な、なんだ……⁉」」

見渡す限り一面の闇。

かつて経験したことのない異常事態に、フーとドドリエルはすぐさま剣を抜き放つ。

（これは、まさか……⁉）

フーの脳裏にあり得ない可能性がよぎった。

この場で闇を司る剣士は一人、たった今始末したはずのアレン＝ロードルのみだ。

（……だが、奴は心臓を貫かれて死んだはず⁉）

フーがゆっくり振り返るとそこには、

「くくっ、ぎゃははははははは……！　やっぱり外の空気はうめぇなぁ……ゑぇ？」

上機嫌に大笑いをする、無傷の『アレン＝ロードル』が立っていた。

ふわりと浮かび上がった長い白髪。左目の下あたりに浮かび上がった黒い紋様。煌々と光る真紅の瞳。そして何より――普段のアレンとは似ても似つかない凶暴な顔つき。

まるで別人のような変貌を遂げた彼に、フーとドドリエルは大きく目を見開いた。

「感謝するぜぇ、虫けらども……。馬鹿なてめぇらのおかげで、『表』に出て来られたんだからなぁ……！」

質・量ともに別次元の『闇』を纏ったアレンは、無造作に『黒剣』を手にした。

その瞬間、

「「……っ!?」」

押し潰されたのかと錯覚するほどの『圧』が、フーとドドリエルの全身にのしかかった。

二人は同時に息を呑み、『アレンという異常』が抱える真の力を正しく認識した。

「……ドドリエル、援護しろ」

「……了解」

こうして『アレン＝ロードドル』対フー・ドドリエルの死闘が幕を開けたのだった。

■

アレン＝ロードドル対フー・ドドリエル。

国同士のぶつかり合いに匹敵するこの戦いは、フーが先手を取った。

「――風絶封陣ッ！」

彼が細剣を振り下ろすと、アレンの四方から圧縮された突風が放たれた。

恐ろしく出の早い風の斬撃、それが四方から同時に四つ。

並大抵の剣士ならば、即死は免れない攻撃だ。

(最高最速の風絶封陣……！　さぁ、どう出る……!?)

フーは油断なく追撃の構えを取り、アレンの次の動きを待った。しかし、

「あぁ……？」

彼は迫り来る風の斬撃を視認しながら、何故かその場を動かなかった。

コンマ数秒後、恐るべき威力を秘めた四つの斬撃が直撃する。耳をつんざく破砕音とともに砂煙が派手に巻き上がった。

「……当たっ、た？」

予想外の結果に目を丸くしたフーはその直後、驚愕のあまり一歩後ろへよろめく。

「ば、馬鹿な……!?」

砂煙が晴れるとそこには、無傷のアレンが凶悪な笑みを浮かべていた。

「――ぷっ、ぎゃははははは！　なんだぁ、このぬりぃ風はよぉ!?　『氷遊び』の次は『風遊び』かぁ？」

シドーとの戦いを思い出した彼は、楽しげに肩を揺らす。

「くくく、全くてめぇらはよぉ……！　――俺のこと舐めてんのか、あぁ!?」

今まで大笑いしていたアレンは、一転して身震いするような怒気を放った。

（く、来るか……ッ）

フーが全神経を集中し、彼の一挙一動に刮目した次の瞬間、

「……は？」

目と鼻の先に――左拳を大きく振り上げたアレンの姿があった。

「おらぁ……！」

思わず目を覆いたくなるような左ストレート。

「ふ、風衝壁ッ！」

フーは咄嗟に風を圧縮した不可視の盾を展開した。

強力な外向きの風で構成されたこれは、物理攻撃に対して絶対の効果を発揮する……はずだった。

「薄っぺらい盾だなぁおぃ……やる気あんのかぁ!?」

アレンの拳は軽々と風衝壁を叩き割り、フーの腹部へ深々と突き刺さる。

「が、ふ……!?」

骨の砕ける鈍い音が響き、彼はまるでボールのように高く遠くへ飛ばされた。

「はっはぁ、ようく飛ぶじゃねぇかぁ！」

戦闘中にもかかわらず、アレンは悠長にそれを見ながら上機嫌に笑う。そこへ、

「――死ね、暗黒の影ッ！」

ドドリエルの放った二十の触手が殺到する。

鉄板をもぶち抜く影の連撃は――全弾アレンに命中した。

「……やったかぁ？」

ドドリエルが唇を歪ませたそのとき、背後から笑い声が響く。

「――くくっ。誰が、誰をやったってぇ？」

「なっ⁉」

慌てて振り返った彼の脇腹へ、強烈な中段蹴りがめり込んだ。

「ぐ、ぉ……ッ⁉」

かつて経験したことのない衝撃。

ドドリエルは受け身も取れず、何度も地面をバウンドした。

「はぁ……？　おぃおぃ、もう終わりかぁ……？」

国家戦力級とさえ言われる神託の十三騎士フー＝ルドラス。

次の十三騎士候補筆頭と評判の剣士ドドリエル＝バートン。

その両者を一撃で仕留めたアレンは、大きなため息をつく。

そして――。

「さてとぉ……次はお前らかぁ？」

今の『蹂躙劇』をただ呆然と見ていた黒の組織の残党、次の玩具として彼らに目を付けた。

「「「……っ」」」

その場に崩れ落ちる者・静かに涙を流す者・泡を吹いて意識を手放す者、あまりの恐怖に言葉を失った彼らは様々な反応を示した。

「ぎゃははは！　そう怯えんじゃねぇよ、なぁ？　こちとら久々の『外の世界』なんだ。ちょっとしたリハビリに付き合ってくれても、バチは当たらねぇだろぉ？」

今の激闘を軽いリハビリと言い放ったアレンを――殺気の籠った突風が襲った。

「……あぁ？」

明らかに人為的な風を軽く受け流した彼は、その発生源に目を向ける。するとそこには、

「――化物よ。まだ、終わってはいないぞ……？」

「アレェン……。君にだけは絶対、負けないよぉ……ッ」

先ほど受けたダメージから全快し、不安定な魂装を握るフーとドドリエルの姿があった。

「おぉ、なんだ……まだ立てんのかぁ？　少しはマシな玩具じゃねぇか！」

凶悪な笑みを浮かべたアレンは、目の前に置かれた玩具の評価をほんの少し高めた。すぐに壊れるガラクタから、少しだけ丈夫なガラクタへと。

そんな中、フーとドドリエルは小声で密談を交わす。

「お前は二個目だろう……？　……やれるか、ドドリエル？」

「あ、はぁ……っ。正直、こうして立っているのが限界ですよぉ……」

つい先ほど瀕死の重傷を負った二人は、すぐさま霊晶丸を噛み砕くことで一命を取り留めた。幹部とそれに近しい一部の者にのみ配られる第二世代の霊晶丸。

これは数々の実験により、副作用を抑え、自己治癒能力を高めることに成功したものだ。

しかし、その許容量は一日一個。

それ以上は壮絶な痛みが全身を駆け巡り、まともに立つことすらできなくなってしまう。

「……今すぐ逃げ出したいところだが、あの化物がまさか見逃すはずもないだろう」

「……でしょうねぇ」

戦う覚悟を決めたフーは、ドドリエルに指示を下す。

「あの馬鹿げた身体能力、接近戦で勝ち目はない。全霊力を注ぎ込んだ、最強の遠距離攻撃で葬るぞ……！」

「了解ぃ……！」

その直後、二人は同時に渾身の一撃を放つ。

「――風覇絶刃ッ！」

「――影の虚撃ッ！」

全てを断ち切る『風』の刃と全てを呑み込む『影』の濁流。

千刃学院を更地にするほどの攻撃に晒されたアレンは――首を傾げていた。

「あぁー……。クソガキのアレ、なんて言うんだっけか……？」

そして――。

「おっ、そうだそうだ。確か……一の太刀――飛影」

彼がそう言って、黒剣を振り下ろしたその瞬間、全てを無に帰す漆黒の『闇』が、フーとドドリエルの全身全霊の一撃を消し飛ばした。

「こ、ここまでとは……」

「……ははっ、終わった」

闇は一瞬にして二人を呑み込み、千刃学院に静寂が降りる。

「――ぎゃっははははははは！　おぃおぃ、軽く振っただけだぞ!?　もぉ死んじまったってのかぁ、ええ!?」

大笑いするアレンの背後に――血まみれのフーが降り立つ。

全身に風を纏って天高く飛び上がった彼は、すんでのところで迫り来る闇を回避していたのだ。

「殺った――風覇絶剣ッ！」

ありったけの霊力を注ぎ込んだ究極の一振り――風覇絶剣。

完璧な間合い。完璧なタイミング。完璧な狙い。

アレンを殺すため、ただそのためだけに練り上げた至高の一撃は――彼が無造作に垂れ流す『闇の衣』を貫けなかった。

「ふっ……硬い、な」

戦意を叩き折られたフーは、もはや笑うことしかできなかった。

「ったく、チャンバラじゃねぇんだぜぇ？　せっかく大チャンスを与えてやったんだから、ちゃんとやってくれよ、なぁ？」

気軽に放たれた前蹴りが、フーの胸部を粉砕する。

大きく真後ろへ吹き飛びながら、彼は力の差というものを認識した。

（はは、なんだこの化物は……。いったいどこから湧いて出たんだ……？）

逆立ちしても勝てない。

圧倒的な『差』をまざまざと見せつけられた彼は、今日二個目の霊晶丸を口にした。

（……ッ）

全身の血管が軋むような、凄まじい激痛が走る。

（さすがに二個目は、キツイな……）

フーは気が遠くなるほどの痛みを噛み殺し、部下たちへ命令を飛ばした。

「――撤退だ！　対象『アレン＝ロードル』を『特一級戦力』に認定！　幻霊以上の脅威とする！　各員、なんとしても生き延び、この情報を本部へ持ち帰れ！」

「「「はっ！」」」

背後に控える彼らが返事をしたそのとき――黒剣が、飛んだ。

「……なっ⁉」

その直後、オーレストの街全体に響くほどの轟音が鳴り――百を超える黒の組織の残党は、『黒剣の投擲』によって全滅した。

校庭に空いた底なしの穴をただ呆然と見つめるフーに対し、

「おぃおぃ……誰に言ってんだ、それ？　独り言にしちゃぁ、ずいぶんとでけぇ声じゃねえの……え゙え？」

いつの間にか二本目の黒剣を手にしたアレンは、意地の悪い笑みを浮かべる。

「……アレン＝ロードル、か。ふふっ、こんな化物がいると知っていたら……。こんな仕事、絶対に引き受けなかっ……が、はっ⁉」

剣を捨て敗北を認めたフーの顔面に右ストレートが刺さった。

凄惨な音が響き渡り、彼の意識は暗い闇の底へと沈む。

そうしてなんら手こずることなく、国家戦力級の剣士二人を同時に薙ぎ払ったアレンは

──強い物足りなさを感じていた。

「あーぁ……っ。全く、準備運動にもなりゃしねぇじゃねぇか……」

そう言って舌打ちをしながら、大きく伸びをしたそのとき──彼の眼前に千刃学院の理事長レイア＝ラスノートが現れた。

ほんの一分前にこの場へ到着した彼女は、ずっと『機』を見計らっていたのだ。

傲慢で自信家の『アレン＝ロードル』が、いつか必ず見せるであろう『大きな隙』を。

「無刀流──絶ッ！」

狙いすました正拳突きは──虚しくも空を切った。

(私の拳を……っ。この距離、このタイミングで避けるだと……!?)

絶好の機を逃した彼女は、顔を真っ青に染める。

「──よぉ、黒拳。調子はどぉだ？　……ゞえ？」

レイアの背後から、絶望的な声が掛かった。

霊核が持つ唯一絶対の弱点『初期硬直』。それを逃した彼女には、もはや勝ち目などどこにもない。

「……おかげさまで最悪だよ。……どうやって『あの中』から出てきた？」

「ははっ、まぁ成り行きさ。運がよかったんだ……よっ！」

アレンはつい先ほど見たレイアの正拳突き、無刀流――絶を完璧にコピーして繰り出す。

「か、は……っ⁉」

音を置き去りにしたその一撃は、彼女の肋骨を粉砕した。

そうしてレイアを軽く一蹴したアレンは、スッと踵を返す。

「く、ま、待て……！」

「てめぇとくだらねぇ話をしてる時間はねぇんだよ。もうじき起きやがるからな……。クソガキのことなら、心配すんな。そのうち千刃学院から姿を消してやる」

アレンはそれだけを言い残し、千刃学院から姿を消したのだった。

■

人里離れた山奥で、一人の老爺が鼻歌まじりに釣りを楽しんでいた。

「ひょほほ、大漁大漁！　今晩はごちそうじゃのぉ……！」

そんな彼の前に――今しがた軽い運動を終えたアレンが降り立つ。

「よう、ジジイ。えらく半端な仕事してくれたじゃねぇか……ええ？」

「ひょ、ひょほほ……。ま、まぁまぁそう怒ってくれるな……っ。儂も『アレン＝ロードル』が、ここまでの剣士だとは計算外じゃったんじゃ……！」

「はっ、んなこたどうでもいいんだよ。それよりおら、時間がねぇ――さっさと始めんぞ」

「ひょほほ、承知した」

アレン＝ロードルと時の仙人、二人だけの『時を超えた作戦会議』が始まった。

■

暖かい日差しに照らされた俺は、ゆっくりと目を覚ました。

「……う、ん？」

意識がはっきりしていくに連れて、様々な情報が飛び込んでくる。

青々とした草葉の匂い。軽やかな小鳥の鳴き声。気持ちのいい風。

「こ、ここは……？」

上体を起こして周囲を見渡せば、青々とした多くの木々が目に入った。

どうやら俺は、森の中で眠っていたらしい。

「え、ええ……？　どうしてこんなところで寝ているんだ、俺……？」

体は軽いが、頭がやけに重たい。

（確か……。昨日は千刃祭があって、リアとローズとお化け屋敷に行って……。それから裏千刃祭で会長とポーカーをして……。その後は、祝勝会でテッサが馬鹿をやって……。それから……あれ？）

そこまでは順調に思い出せたけど、その先がどうやっても出てこない。

「……仕方ない。ちょっと歩くか」

きっとまだ頭が寝ぼけているのだろう。そう判断した俺は体に付いた土を払って、少し森の中を歩くことにした。

それから二、三分歩いたところで、『ここ』がどこなのかすぐにわかった。

(……久しぶりだな)

俺が今歩いているのは、ポーラさんの寮の近くにある小さな森の中だ。グラン剣術学院に通っていた頃、時間があればここで修業をしていたため、地理はばっちりだ。

「ということは……。こっちにあるはずだよな……」

少し昔の記憶を頼りにして、ちょっとだけ寄り道をすると——あった。

「ははっ、なんだかもう懐かしいなぁ……」

俺は無造作に放り出された『一億年ボタン』を手に取る。

全てはそう、ここから始まったのだ。

「ほんとに、アレはなんだったんだろうな……」

あの不思議な経験をぼんやり思い出しつつ、妖しい赤色を放つそのボタンを押してみた。

しかし、何も起こらない。

当然だ。これはもう壊れているのだから。

よくよく見れば、ボタンの台座部分に大きな太刀傷が刻まれていた。

おそらくこれは、俺が『時の牢獄』を切り裂いたときについたものだろう。

「時の仙人、か。今頃どこで何をしてるやら……」

確かレイア先生の話では――世界中を歩き回り、才覚のあるものに一億年ボタンを渡しているのだとか。

いったい何がしたいのか不明らしいが、きっと何か目的があっての行動なのだろう。

「……まぁ、もう会うこともないだろうな」

そうして一億年ボタンをその場へ戻した俺は、

「――せっかくだしポーラさんのところへ寄って行こうかな」

半年ぶりに彼女の寮へと向かったのだった。

■

自分の庭のように慣れ親しんだ森を進むと、ポーラさんの寮に到着した。

「……いいにおいだ」

どうやら今はお昼ごはんを作っているらしく、寮の外までいいにおいが届いていた。

食欲を刺激されるこのピリッとした感じは多分、カレーライスだろう。

「それにしても、懐かしいなぁ……」

目の前にあるのは、木造二階建ての寮。まだ半年しか経っていないのに……なんだかそれはとても懐かしく感じた。

ポーラさんサイズの巨大な扉をノックしたが――返事はない。

（まぁ、そうだろうな……）

彼女は何をするにしても豪快な人だ。

きっと調理場で荒々しく料理を作っていて、ノックの音が聞こえないのだろう。

「――失礼します」

念のためそう声を掛けてから、中へ入った。

玄関で靴を脱ぎ、広間を抜けると――俺の予想通り、ポーラさんは調理場でお昼ごはんを作っていた。

ポーラ＝ガレッドザール。

俺が住んでいた寮の寮母さんだ。身長二メートルを超える巨軀。迫力のある顔立ち。黒いシャツの上に真っ白のエプロン姿は、今でも変わりない。常に腕まくりをしており、そこから見える二の腕は……俺の三・五倍はあった。

（あ、あれ、おかしいな……。俺もけっこう鍛えたはずなんだけど……？）

半年前よりも、腕周りの差が広がっていた。

おそらく、彼女が一回り大きくなったのだろう。

「ぶんふふんふーん……ッ！」

ポーラさんは凄み（すご）と渋み（しぶ）が共存した独特な鼻歌を奏で、上機嫌（じょうきげん）に鍋（なべ）をかき混ぜていた。

そこへ俺は、一つ咳払い（せきばら）をしてから声を掛ける。

「――ポーラさん、お久しぶりです」

「……ん？　おぉ、アレンじゃないかい！　元気にしてたかぃ……って、あんたその頭、いったいどうしたんだい⁉」

彼女は迫力のある笑みを浮（う）かべたかと思うと、すぐに俺の頭を凝視（ぎょうし）した。

「お、俺の頭がどうかしましたか……？」

「どうしたもこうしたもないよ！　ほら、見てごらん！」

ポーラさんはそう言って、近くにあった手鏡を差し出した。

「は、はぁ……えっ⁉」

受け取った手鏡を見るとそこには――黒と白が入り混じった独特な頭髪（とうはつ）が映っていた。

「な、なんだこれ⁉」

様変わりした髪（かみ）の毛をつまみながら、思わずそう叫（さけ）んだ。

「『なんだこれ』って……。あんたが染めたんじゃないのかい？」

「ち、違いますよ！」

確か巷では、こういう髪のことを『メッシュ』とかいうんだっけか……？

まぁなんにせよ、これは俺が望んだことではない。

「それじゃ、誰かに悪戯されたのかい？」

「えーっと……それはわからないですね」

リアは当然こんなことはしないし、それはローズも同じだ。

（となると後は、会長か……？）

あの悪戯好きの小悪魔ならば、可能性はゼロじゃないだろう。

（でも、俺の髪を染めるタイミングなんてあったか……？）

祝勝会が終わった後、俺は確かに千刃学院の寮へ戻った。そこまでの記憶は、はっきりと残っている。

（……問題はその先だ）

ベッドで眠ってからこの森で目を覚ますまでの記憶が、ぽっかりと抜け落ちていた。

（……謎だ）

そうして俺が小首を傾げていると、ポーラさんがドンと背中を叩いてきた。

「まっ、ちょっとビックリしたけど、髪の色なんざどうだっていいさ！　久々にあんたの元気な顔が見られて、あたしゃ嬉しいよ！」

「……ポーラさん」

俺も、初めて会ったときから全く変わらない彼女を見ると本当にホッとする。

「そうだ、アレン。昼ごはんはまだだろう？　久しぶりにこっちで食べていきな！」

「はい。では、お言葉に甘えさせていただきます」

それから俺は洗面所で手洗いうがいを済ませ、食卓へついた。

「――そぉら、たんと召し上がれ！」

ポーラさんはそう言って、ぎっしりとごはんの詰められた皿にカレーをなみなみと注いだ。

「あ、あはは……っ。相変わらずの量ですね……」

どう見てもこれは、五人前以上はあるだろう。

「なぁに腑抜けたこと言ってんだい！　しっかり食べないと大きくなれないよ？」

「が、頑張ります……！」

俺がポーラさんより大きくなることは、多分……いや絶対にない。

そもそも彼女より大きな人類なんて、この世界に存在するのだろうか。

「では――いただきます」

「あいよ、よく嚙んで食べるんだよ！」

「はい！」

大きなスプーンに白飯とカレーを載せ、ひと思いに口の中へ放り込む。

ゴロっとした大きなジャガイモ。一口大に切られた歯ごたえのある牛肉。大雑把に入れられた辛みのあるスパイス。

（これだこれ……っ。ポーラさんの味だ！）

三年間毎日ずっと食べてきたごはんは、骨身に染みるほどおいしかった。

「どうだい、力が湧いてくるだろう？」

「めちゃくちゃおいしいです！」

「はっはっはっ、そりゃよかったよ！　今度は友達も連れて来な！」

「はい、今度の休みにでもぜひ！」

小食なローズはともかく、大食らいのリアは大興奮間違いなしだろう。

そうして俺がカレーライスを搔き込んでいると――突然ラジオから『ヴーンヴーン』と人を不安な気持ちにさせる不気味なサイレンが鳴り響いた。

「ちょっとアレン、緊急速報だよ！　珍しいねぇ、いったい何があったんだい……？」

二人で耳を澄ましていると、緊迫した女性の声が鳴り響いた。

「――緊急速報です。昨日、オーレスト中心部の千刃学院が、黒の組織からの大規模襲撃を受けました。死者なし。重軽傷者多数。行方不明者は一人――アレン＝ロードル、十五歳の男子生徒です。現在聖騎士協会が大規模な捜索活動を続けていますが、依然その行方は掴めておりません。目撃情報などがございましたら――」

「……っ⁉　けほっ、けほ……⁉」

信じられない報道を耳にした俺は、白飯を喉に詰まらせてしまった。

「落ち着きな、アレン。ほら、水だよ！」

「んぐんぐ……っ。ふぅ……あ、ありがとうございます」

「あぁ。……それにしても、とんでもないことになっているみたいだねぇ。あんた、行方不明扱いになっているよ？　大丈夫なのかい？」

「は、はい……っ。多分、大丈夫だと、思います……っ」

幸いなことに死者はゼロ。それに行方不明者が俺一人ということはつまり――リアは無事だ。現状、大きな問題はない。

（しかし、俺が行方不明……？　いったい、どういうこ……っ⁉）

その瞬間、激しい『情報の嵐』が脳の奥底から吹き荒れた。

「思い……出した……！」

そうだ……。俺はあの日、黒の組織と戦ったんだ。
強固な結界を断界で破壊し、ドドリエルを倒した。
そして満身創痍のまま、神託の十三騎士フー＝ルドラスに挑み――敗れた。
それから霊晶丸で全快したドドリエルに心臓を刺されて……あれ？
あのとき俺は、確かに心臓を貫かれたはずだ。
「……っ」
慌てて服をめくり上げ、胸部を確認したが――そこに傷跡らしきものは何もなかった。
（……どういうことだ？）
記憶と現実に大きな齟齬がある。
（もしかして、俺が刺されたのは夢だった……？）
――いや、それはない。
胸を貫かれたときの壮絶な痛み。アレが夢だとは到底思えない。
それに実際、千刃学院は黒の組織からの襲撃を受けている。
（だとすると――どうして傷跡すらないんだ？）
俺は何故、あんな千刃学院から遠く離れた場所で倒れていたんだ？
（……駄目だ、わけがわからない）

これはもう千刃学院に行って、事情を知る誰かに直接確認するほかない。

「……ポーラさん、俺」

「あぁ、早く戻ってみんなを安心させてやんな」

俺が全てを言い切る前に、彼女は力強く頷いた。

「はい、ありがとうございます！」

そうして俺は、残りのカレーライスを一気に掻き込み、

「それじゃ、行ってきます！」

「気を付けるんだよ！」

ポーラさんの寮を飛び出して、千刃学院へ向かったのだった。

その移動中、変な感覚を覚えた。

（あれ、体が軽い……）

まるで羽でも生えたのかと思うほどに、恐ろしく体が軽い。地面を一度蹴るだけで、グングン前へ進んで行く。一歩、また一歩と踏み出すたびに、あっという間に景色が変わった。

そして気付いたときには、都のオーレストに到着していた。

（おかしいな……。こんなに近かったっけ……？）

そんな風に小首を傾げながら街を進み――千刃学院へ着いた。

そこで俺は、驚愕に目を見開くことになった。

「なん、だ……これ⁉」

そこには、文字通り『崩壊』した千刃学院があった。

何故か真っ黒に変色した本校舎。校庭にぽっかりと空いた、底の見えない巨大な穴。まるで人外の化物が大暴れしたような、凄まじい『破壊の跡』がそこにはあった。

書き下ろし短編：深夜のアレンくん対策会議

千刃祭・裏千刃祭が幕を下ろし、アレンたち一年A組が祝勝会を楽しんでいるその頃──アークストリア家の屋敷にあるシィの私室では、いつもの生徒会メンバーが集結していた。

「えー……それではこれより、『第五回アレンくん対策会議』を始めたいと思います」

進行を務めるのは、可愛らしい白のパジャマに身を包んだ生徒会長シィ＝アークストリア。つい先ほどお風呂を済ませた彼女は、大きなベッドにポスリと座り込み、出席者の二人へ目を向ける。

「ううむ……。この実りのない極秘会議も、今日で五回目になるのか……」

「いつも長々とやる割に、全く成果があがってないんですけど……」

学習椅子に胡坐をかいたリリムとソファにゴロンと寝転んだティリスは、それぞれの感想を口にした。今日はもともとアークストリア家に泊まる予定だったので、二人とも持参したパジャマに身を包んでいる。

「こら、そこ！　私語は慎んでちょうだい！」

シィはムッとした表情で、ポスポスと柔らかいベッドを叩き──ゴホンと咳払いをした。

「みんなも知っての通り、私たちは今かつてない危機に直面しているわ……。なんとかして『彼』にギャフンと言わせない限り、この生徒会に未来はないの！」

彼女はそう力説して、勉強机の上に置かれたとある写真立てを指差した。そこには素振りをする一人の少年——アレン＝ロードルの写真が収まっている。

これはつい先日、シィがアークストリア家の使用人にお願いして、こっそり盗撮してもらったお気に入りの一枚だ。

「ほほう……なかなかいい写真じゃないか」

「随分と可愛らしい写真立てなんですけど……？」

リリムとティリスはそう言って、ニヤニヤと意地の悪い笑みを浮かべる。

「う、うるさいうるさい！　今は『そういう話』じゃないの！」

シィは顔を赤くしながらバスバスとベッドを強めに叩き、話を先へ進めた。

「と、とにかく……現在の状況はとても深刻なの。部費戦争では敗れ、イカサマトランプは見抜かれ、剣王祭では足を引っ張り、お化け屋敷は軽く突破され、裏千刃祭でも無残に負けた。——はっきり言って、私たち二年生の『先輩』としてのメンツはもう丸潰れよ！」

「なんというか、惨敗だな……」

「さすがにこれは、そろそろ挽回しないとヤバいんですけど……」

いつもは自信たっぷりのリリムは顔を曇らせ、のんびり屋なティリスでさえも危機感を募らせた。

「これ以上、後輩に後れを取るわけにはいかないわ。だから、次の勝負は出し惜しみなしよ。三人同時にアレンくんを襲いましょう」

シィのそんな提案に対して、

「さ、さすがにそれは卑怯過ぎやしないか……？」

「正々堂々とした勝負には、とても思えないんですけど……？」

リリムとティリスは難色を示した。

「これまで卑怯な手を使ってきたけれど、たったの一度も勝てなかったのよ？　今更真っ向勝負を挑んだとして、勝ち目があると思う？」

「ま、まぁ確かに……。正面切っての戦闘じゃ、勝負にすらならないな……」

「瞬殺される未来が、はっきりと目に浮かぶんですけど……」

二人は顔を青くしながら、苦々しい呟きを漏らす。

「言っておくけど、三対一だからって油断は禁物よ？　少しでも気を抜けば、次の瞬間にはもうやられているわ」

「……アレンくん、速いからなぁ。しかも、体は細めなのにとんでもない馬鹿力だし……」

「何よりもあの『闇』が厄介。強化・防御・回復――三つを同時に行えるなんて、反則としか思えないんですけど……」

リリムとティリスは裏千刃祭での敗北を思い返し、大きなため息をついた。

そうして重々しい空気が流れ始めたところで、シィがパンと手を打ち鳴らす。

「さて、まずは敵の戦力を分析しましょう！　アレンくんの得意なことや不得意なこと、癖に弱点その他諸々、今から徹底的に語り合うのよ！　落ち込んでいる暇なんて、どこにもないわ！」

「そう、だな……。うっし、やるか！」

「三対一で負けたら、さすがに洒落にならない。次こそは、絶対に勝つんですけど……！」

その後、『第五回アレンくん対策会議』は明け方まで続いたのだった。

あとがき

読者のみなさま、『一億年ボタン』第四巻をお買い上げいただき、ありがとうございます。作者の月島秀一です。

さてそれでは早速ですが、第四巻の内容に触れていこうかなと思います。これより先は、本編のネタバレを含みますのでご注意ください。

第四巻は剣王祭・千刃祭・黒の組織の強襲、これまたイベント盛りだくさんな一冊でした。剣王祭ではイドラ、千刃祭ではシィ&リリム&ティリス、黒の組織の強襲ではドドリエル&フーと各章で激闘がありましたね。戦闘が大好きな筆者としては、書いていてとても楽しく、筆が乗りに乗りまくっておりました。

（ちなみに巻末にあった『アレンくん対策会議』の結果については、また本編で明らかになる……かもしれません）

読者のみなさまにおかれましては、少しでも楽しんでいただけたならとても嬉しく思います。

そして第五巻では『白百合女学院編』などなど、超濃密なエピソードが収録される予定です。こちらは四か月後の『十月二十日』発売予定となっておりますので、どうかよろしくお願い致します！

さらにさらに『漫画版・一億年ボタン』が、『ヤングエースＵＰ』上で大好評連載中！　漫画版の特徴を言うならば――絵が動きます！　活き活きとした表情・見やすいコマ割り・躍動感のある絵、とにかく素晴らしい仕上がり具合となっております！　私も原作者として制作に協力させていただいておりますので、どうかこちらもよろしくお願い致します。

さて、それでは以下謝辞に移らせていただきます。

イラストレーターのもきゅ様・担当編集者様・校正者様、そして本書の制作に力を貸してくださいました関係者のみなさま――ありがとうございます。

そして何より、一億年ボタン第四巻を手に取っていただいた読者のみなさま――本当にありがとうございます。

それではまた四か月後、十月二十日発売の第五巻でお会いしましょう。

月島　秀一

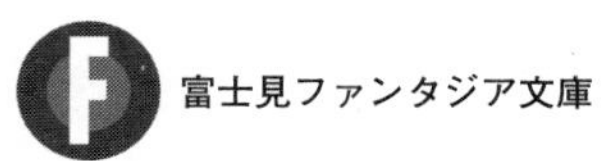

一億年ボタンを連打した俺は、気付いたら最強になっていた4
～落第剣士の学院無双～

令和２年６月20日　初版発行
令和２年７月20日　再版発行

著者――月島秀一

発行者――三坂泰二

発　行――株式会社KADOKAWA
〒102-8177
東京都千代田区富士見2-13-3
0570-002-301（ナビダイヤル）

印刷所――株式会社暁印刷

製本所――株式会社ビルディング・ブックセンター

本書の無断複製（コピー、スキャン、デジタル化等）並びに無断複製物の譲渡および配信は、著作権法上での例外を除き禁じられています。また、本書を代行業者等の第三者に依頼して複製する行為は、たとえ個人や家庭内での利用であっても一切認められておりません。

※定価はカバーに表示してあります。
●お問い合わせ
https://www.kadokawa.co.jp/（「お問い合わせ」へお進みください）
※内容によっては、お答えできない場合があります。
※サポートは日本国内のみとさせていただきます。
※Japanese text only

ISBN978-4-04-073648-8 C0193　◇◇◇

©Syuichi Tsukishima, Mokyu 2020
Printed in Japan

切り拓け！キミだけの王道

ファンタジア大賞

原稿募集中！

賞金

《大賞》300万円

《金賞》50万円　《銀賞》30万円

選考委員

細音啓「キミと僕の最後の戦場、あるいは世界が始まる聖戦」

橘公司「デート・ア・ライブ」

羊太郎「ロクでなし魔術講師と禁忌教典（アカシックレコード）」

ファンタジア文庫編集長

前期締切 8月末日

後期締切 2月末日

公式サイトはこちら！ https://www.fantasiataisho.com/

イラスト／つなこ、猫鍋蒼、三嶋くろね